Los años indecisos

Colección Autores Españoles
e Hispanoamericanos

Gonzalo Torrente Ballester

Los años indecisos

PLANETA

© Gonzalo Torrente Ballester, 1997

© Editorial Planeta, S. A., 1997
  Córcega, 273-279, 08008 Barcelona (España)

Realización sobrecubierta: Departamento de Diseño de Editorial Planeta

Ilustración sobrecubierta: «Conde St. Genois d'Anneaucourt», de Christian Schad, colección privada

Primera edición: setiembre de 1997
Segunda edición: octubre de 1997
Tercera edición: diciembre de 1997

Depósito Legal: B. 46.932-1997

ISBN 84-08-02176-1

Composición: Víctor Igual, S. L.

Impresión y encuadernación: Printer Industria Gráfica, S. A.

Printed in Spain - Impreso en España

A mi nieta Fernanda

A mi bisnieto Marc

A los doctores Zorita-Viota, de Salamanca

AQUEL TÍO que se parecía a mí tocaba el bandoneón bastante bien. Lo tocaba muy bien, y se parecía a mí en todo, menos en una cosa: que él era calvo, o al menos empezaba a serlo, y yo no. Lo sabe todo el mundo. Lo mismo que yo adivinaba lo que él iba a tocar inmediatamente, adivinaba él mis pensamientos, de manera que cuando una pareja se puso a bailar el tango nada más que con piano y con violín, él bajó y vino hacia mí, mientras yo me levantaba e iba hacia él. Nos encontramos a mitad de camino, nos tuteamos desde el primer momento, nos sentamos frente a frente en una mesa redonda.

—¿Tú eres mi hermano?

—No lo sé bien, pero vamos a suponer que sí. Me llamo de tal modo, ¿y tú?

Me dijo su nombre después de que yo le había dicho el mío. Coincidíamos en el nombre, pero no del todo. El nombre de él también empezaba a calvear, como su cabeza.

Me contó muchas cosas. Yo le conté las mías. A veces, coincidíamos; a veces, nos separábamos. En la vida de él, por ejemplo, había habido muchas mujeres; en la mía, no. Él no se había movido de Buenos Aires: allí había aprendido todo lo que sabía y había sido todo lo que era. Yo, en cambio, siempre anduve de la Ceca a la Meca y había sido lo que soy, pero también lo contrario, hasta no ser nada, aquí y allá. Era difícil que nuestras vidas coincidiesen. Por eso él me contó la suya, y yo le conté la mía. Yo escribí la suya, porque mi oficio de siempre es escribir, pero, ¡vaya usted a saber lo que él hizo con la mía! A lo mejor la olvidó. No creo que la haya escrito porque no estaba en su oficio, pero a lo mejor la escribió y cualquier día sale por ahí. Esto que yo escribo le servirá de mucho, porque hay días coincidentes; pero lo demás tendrá que recordarlo, o inventarlo, que da lo mismo.

Lo que yo cuento aquí es lo que él me contó, ni más ni menos, desde que subía a la terraza y se encontraba con la Iris, hasta ver por el ojo de buey del capitán las últimas montañas de Galicia. Después vino la mar... y la mar es igual para todos, para él y para mí. La mar. Donde él se ha perdido y donde yo, quizá, también me pierda ¿Qué sabe uno lo que le pasará mañana?

CAPÍTULO PRIMERO

El billete del tranvía me costaba dos gordas, ni más ni menos, lo cual equivalía a dos perras gordas o a veinte céntimos en el lenguaje de los finolis como mi hermana y algunos más: veinte céntimos de peseta, la quinta parte de lo que me daba mi madre todos los días cuando quería tenerme contento, que era casi siempre; yo no me acuerdo de ninguna vez en que las cosas hayan ido en contra, porque mi madre me quería ver siempre de buen humor; cada vez que me oía cantar lo decía con su vocecita de tiple: éste canta, luego está de buenas. Pero ella no preguntaba nunca por los cantares, cantares canallas, aprendidos de aquellas tías que, con voz ancha o menuda, cantaban en el rincón del café Español, plaza de Compostela, número no sé cuántos, lo he olvidado, quizá no lo haya sabido nunca, pero sí el lugar, al que se llegaba por una terraza que había delante, y no arriba;

una terraza a la que se accedía por unos escalones, seis u ocho, no lo recuerdo bien.

En la terraza, casi siempre, me esperaba la Iris; me esperaba a ver si yo podía pagarle el café, porque la Iris no había sido admitida aún por el dueño entre las que lo toman gratis, o no lo toman si no lo quieren, pero tienen allí su sitio y su derecho a estar. La Iris había venido hacía poco tiempo, no se sabía de dónde, seguramente de un pueblo, no tenía más que un traje, aquel negro de *crêpe-satin*, y aquella gabardina raída que se ponía al llover, es decir, casi siempre. La Iris me esperaba para que yo le pagase el café, y si yo no podía aquella tarde porque no tenía más dinero que el que me había dado mi madre, es decir, una peseta, esperaba a otro que se lo pudiera pagar. Entonces se quedaba dentro a la sesión de la sobremesa, a la de la tarde y a la de la noche, y allí estaba hasta el final por si encontraba el flete apetecido, el tonto con seis pesetas en el bolsillo: una para convidarla, cinco para pagarle a ella, que no cobraba más, aquella Iris, porque era lo que le cobraba a ella la patrona. La Iris no tenía muchos clientes; conservaba la cara de inocente que había traído del pueblo, y tenía fama de no saber hacerlo o de hacerlo mal, lo que era mucho peor. La que lo hacía bien era Berta *la Cañona*, lo hacía más que bien, lo hacía requetebién, aunque no fuera más que por la práctica; era la mayor de todas ellas, pongamos que tenía entre treinta y cinco y cuarenta años. Bien conservados, ésa es la verdad. Tenía una gran facha, pero decían de ella, los que la habían visto, que no le quedaba un mal pelo en todo el cuerpo, la cabeza y las piernas y todo lo demás. No se quitaba el sombrerito, se pintaba las cejas, y aunque montaba las piernas y dejaba ver el muslo, lo hacía siempre con medias. A Berta *la Cañona* se la conocía por una frase, una sola, que yo mismo le oí pronunciar aquella vez que vino un amigo y yo lo llevé de noche al café, para que viera que también uno, en su modestia pueblerina, salía de noche y se corría una juerga de vez en cuando. La Cañona decía: «Una botellita de manzanilla», y era lo que traía la camarera, a repartir entre todos: las tías que se habían agregado y los acompañantes del pagano, que era uno, a veces dos, con mi amigo sólo uno, que era yo. Una botella de champán hacía más ruido, pero daba para pocos; la de manzanilla daba para más, y si había suerte se podía repetir la ronda. Al dueño le daba igual la manzanilla o el champán, porque cualquiera de las botellas le dejaba el mismo tanto por ciento, pero él prefería el champán, ¡qué caray!, el ruido es el ruido, y el champán metía más. A decir verdad, la manzanilla no metía ruido, pero emborrachaba, vaya usted a saber por qué.

Aquella tarde yo tenía unas perras sueltas que me habían sobrado del día anterior. Se las di a la Iris, ¡mira que llamarse así! Su nombre de verdad no lo sabía nadie todavía aunque supiéramos los de las demás: Berta, *la Cañona*, se llamaba María Josefa Fernández Pérez, un nombre bastante vulgar, y la Amparo se llamaba Amparo Pérez Costas; nadie sabe por qué no se había cambiado el nombre y seguía con el suyo. Cuando le preguntaban cómo se llamaba decía que Amparo Ponce de León; en lo de Amparo no mentía, en lo del apellido sí. Pero la Iris no era más que la Iris: Iris para arriba, Iris para abajo. Tenía que haberlo aprendido de alguna película ramplona cuya protagonista se llamase así, o de una novela de las que ella leía, que valían un real en el quiosco y eran novelas castísimas. No deja de ser curioso que a aquella tía, que ya empezaba a ser gordita y que necesitaba de un flete más tonto que ella cada noche para subsistir, lo que verdaderamente le gustaba eran las novelas castas, es decir, rosas, que se compraban en el quiosco por un real y que eran el único vicio que tenía la Iris. El único vicio conocido. La sacaba del bolso donde guardaba todo su ajuar y se ponía a leerla en el rincón más alejado del café, allí donde no llegaban ni la canción de la cupletista ni las burradas que decían los marineros cuando la que bailaba o cantaba enseñaba algo.

—Déjala en paz, está leyendo lo suyo.

Y en lo suyo nunca pasaba nada hasta después. Cuando la Iris había acabado la lectura cerraba el cuadernito y los ojos y se ponía a soñar. La Iris siempre imaginaba lo mismo, pero es que aquellas novelas acababan siempre en boda, y lo que imaginaba la Iris era lo natural.

12

De que siempre fuera lo mismo ella no tenía la culpa.

El café tenía un aire gris, salvo el rincón, que era todo colorado. Era gris, aunque no lo fuesen todas sus partes, porque sólo lo eran las maderas de las ventanas: las paredes eran blancas, pintadas de blanco, hasta un zócalo gris oscuro que recorría el café en sus rectas, ángulos y recovecos y que sólo se interrumpía ante los vanos naturales: la puerta de entrada y aquella otra que nadie sabía, más que don José, adónde conducía: a las cocinas, a los camerinos, ¡vaya usted a saber! Lo sabía don José, y eso era bastante.

Don José andaba como una sombra detrás de aquel pequeño mostrador al que sólo se acercaban las camareras, las dos que había, la Juana y la Rufina, que eran como todo el mundo y trabajaban horas extras. En el café estaban muy circunspectas, iban y venían sin sonreír: «Éste ha pedido un café, aquel de allá una copa de aguardiente», y se lo pedían a don José en voz baja, bien arrimadas al mostrador, que no las oían de la mesa más cercana: «Un café, una copa de aguardiente.» A don José apenas se le veía a aquella hora de la sobremesa; él servía conforme le iban pidiendo, y nada más. Pero a la tarde y a la noche se encendían las dos bombillas que alumbraban el rincón, una a la derecha y otra a la izquierda. Entonces se veía a don José, siempre bien vestido, con una corbata oscura a rayas rojas, tres rayas nada más. La corbata se la planchaba su hija todos los días; el resto se lo planchaba la madre, doña Jacinta, que en esto del planchar tenía muy buena mano y le salía una raya derecha en cada pernera del pantalón que no había más que verlo. Es lo que le decían todas a don José: «Hay que ver lo bien planchado que te tiene esa tía», y don José callaba. Doña Jacinta no era ninguna tía; doña Jacinta era la esposa legítima de don José, y la hija, que se llamaba Jacintita, era también legítima, hecha con todas las del veri y bautizada a su tiempo, como Dios manda y, en su nombre, la Santa Madre Iglesia, a la cual rezaban todas las tardes las dos Jacintas pidiendo por la salvación del alma de aquel réprobo, que no creía en nada, pero que jamás había tenido que ver con ninguna de las tías que contrataba. Pero eso no lo sabía doña Jacinta, sino que suponía lo contrario: que su marido era un pendón, y que aquellas rayas tan bien planchadas de sus pantalones contribuían a la conquista de las tías que se contrataban para cantar, para bailar o para ambas cosas, en el rincón colorado del café gris. En el cual, visible o invisible, mandaba don José.

Aquella tarde, Iris no estaba en la terraza, aunque sí en el rincón más alejado del tablado y de las luces. Se había puesto las gafas para leer la última novela rosa llegada al quiosco; se las había puesto y las apoyaba en la punta de la nariz, como una vieja, que es lo que había visto hacer en su pueblo. Todas las otras tenían gente con ellas, muchachos jóvenes que gritaban en los intermedios, si no era Berta la Cañona que los tenía también maduros y aun vejetes: no se atrevían con ella, pero venían a recordar tiempos pasados, batallas pasadas, hazañas pasadas; Berta también, a veces, recordaba, pero eran recuerdos fugaces que se escondían en algún lugar de su sombrerito. Berta la Cañona no quería recordar jamás, no volvía atrás; su lema y su canción eran los de los *boy-scouts*, siempre adelante, siempre hacia adelante aunque al final estuviese la muerte. Berta la Cañona no tenía pasado, sino futuro; no recordaba, sino esperaba: el único recuerdo de su vida era aquella vez que se había despertado sin un solo pelo; después habían venido las inyecciones, sobre todo en primavera. Berta la Cañona esperaba solamente redondear una cantidad para marcharse a su aldea y poner una tiendecita de cosas femeninas; le faltaba poco, y aún había fletes que hacían más caso de su buena fama como trabajadora eficaz que de aquel detalle insignificante del pelo y del sombrerito.

La Amparo estaba sola en su mesa. Nadie se atrevía a acercarse a ella porque todos sabían que había un tío que le pagaba, un tal Sabino Pérez Santos, que, además, era el novio de mi hermana. El tal Sabino se salía de madre en un lado e iba a batir la luna en el otro. El lado de allá se llamaba Flor; el de acá era la Amparo. Por esta razón yo tenía bula para sentarme con ella, y, a veces, me pagaba el café. Mira tú por dónde, el novio de mi hermana, aquel Sabino a quien yo detestaba, venía a pagar mi café. La Amparo era muy buena; tenía buena planta, mejor que la de Berta, y buena reputación; pero estaba prohibida a los fletes. Sólo yo me acercaba a ella, aunque temblando:

—¿Qué hay, Amparo? Buenas tardes.

—¿Qué hay, chaval?

Siempre me llamaba así, chaval. Yo me sentía bastante humillado, pero no se lo hacía notar para que no se incomodase conmigo y pudiera seguir sentándome a su mesa y que, a veces, me pagase el café.

Vestía bien la Amparo; vestía bastante bien. Aquella tarde se había puesto el traje sastre gris, que completaba, los días de lluvia, con un impermeable transparente, un impermeable de aquellos que nosotros designábamos con un nombre sucio y que a la Amparo le favorecía. Vestía en las modistas de más fama, pero ella iba a probarse a otras horas, las que las chicas bien usaban para pasar o pasear por la calle principal, que se llamaba Real, o de la Princesa, o cosa así. De todas maneras, y aunque tuviese las mismas modistas, a la Amparo nunca la confundían con una de aquellas chicas, como le hubiera gustado a ella, quizá por algún detalle que hubiese añadido a su atuendo, quizá por el modo de llevarlo; quizá, simplemente, porque el aire de la Amparo no era el de una niña bien, sino porque algo en el modo de andar, y en el de mirar o no mirar, revelaba su profesión y su

16

estado. Tal vez no fuese más ignorante que las niñas bien, tal vez supiese las mismas cosas; pero la Amparo llevaba la ignorancia en la cara, y las otras no. Ésa era la diferencia. Por lo demás, la Amparo tenía una gran facha. Todo el mundo se la quedaba mirando cuando iba y cuando venía. Y todos le decían al novio de mi hermana, a aquel Sabino que yo no podía ver: «Vaya tía esa que te estás beneficiando», pero aquel Sabino que yo tanto odiaba no sabía qué responder y bajaba la cabeza, como si a la Amparo se la beneficiase otro.

—Siéntate aquí, chaval. A mi lado, no enfrente, que te vean a mi lado, que nos vean juntitos. ¿Qué vas a tomar? Yo te pago el café y lo que sea, una copa de lo que sea. Hoy te va a salir barata la tarde, porque a la Iris la veo en su rincón hace ya bastante rato, lo cual quiere decir que algún primo le pagó el café, un primo de esos que se contentan con un pellizco en el culo. ¿Que qué va a ser?

La camarera se había acercado a la mesa. Era la Rufina, y venía sonriendo, porque la Amparo daba siempre buenas propinas: a veces el doble de la consumición, a veces decía simplemente:

—Quédate con la vuelta.

Y, a lo mejor, había dejado un duro para pagar la consumición de dos, todo lo más de tres, y lo que sobraba del duro era bastante.

—Siéntate aquí, a mi lado, que nos vean juntitos. Vas a tomar café, que lo pagarás tú, y

17

una copa de coñac, del bueno ¿eh?, que te convido yo. Ya lo has oído, Rufina: un café y una copa de coñac. No te vayas a equivocar al cobrarnos.

—No, no me equivocaré. No me equivoco nunca.

La Rufina se alejó con el pedido, que era lo que yo iba a tomar, meneando el culo, no yo, la Rufina. Se la podía ver cuando iba, no cuando venía, porque a la Rufina, en la cara, se le notaba que había cumplido los cuarenta, además le empezaba a caer el pecho y a crecerle la tripa como a una preñada de pocos meses; de modo que la Rufina tenía ya pocos clientes, por eso se había acogido al sueldo fijo de las camareras, sueldo fijo y propinas, y con eso iba tirando. Si alguna vez caía un viejo al que pudiera sacarle cinco o diez pesetas, pues mejor.

—Te preguntarás por qué no te pago también el café. Pues, mira, se me ocurrió que tenía que ser así, y yo no me vuelvo atrás de mis ocurrencias. Tú el café, yo el coñac, del bueno ¿eh?, del mejor que tenga en sus botellas ese cabrito de don José. Te dije que te sentaras a mi lado, pero no tan lejos. Arrímate, quiero que nos vean bien juntitos.

—Pues, mira, a mí no me parece bien, porque después le van con el cuento al tío ese, ya sabes a quién me refiero, y las pagarás tú, ya sabes a lo que me refiero.

Ella me echó el brazo por encima de los hombros.

—Pues eso es precisamente lo que quiero, que le vayan con el cuento y que me riña.

Se acercaba la Rufina que llevaba en la bandeja el café humeante y la copa del coñac. Lo dejó todo delante de mí, y se fue: se apresuró a marcharse, porque sabía que estaba mejor por detrás que por delante.

La Amparo había empezado a jugar con mi cucharilla, había roto el papel en que venía el azúcar y lo había echado en la taza humeante. Me miró, la miré, y con la cucharilla comenzó a dar vueltas para disolver el azúcar. Después volvió a mirarme, probó el café y siguió meneando la cucharilla; volvió a probar aquel brebaje, volvió a mirarme y dijo:

—Ya está, ya lo puedes tomar. ¿Quieres que te lo dé yo?

Se abrió la puerta del fondo y un aire frío se coló; detrás entraron seis marineros ingleses, con sus gorritas blancas y sus impermeables mojados. La Amparo les dio la espalda ostensiblemente, pero, allá lejos, en su rincón, la Iris se movía y hacía un sitio a su lado. Uno de los marineros acudió al reclamo de la Iris; los otros se desparramaron por las mesas, tres y dos. Los dos pronto tuvieron compañía; los tres la tuvieron también, pero tardaron un poco más. Eran, en total, cinco mujeres, todas las que había en el café, menos la Iris, que ya tenía su flete, y la Amparo, que ya estaba conmigo y le había dado la espalda a los recién llegados. Mis amigos, que ocupaban las mesas junto al escenario, se quedaron solos. La Juana y la Rufina acudieron corriendo a las mesas recién ocupadas. Allá lejos, la Iris se hacía entender de su cortejo por mi mediación: lo natural, cinco pesetas, pero si el cliente tenía algún capricho eran cinco pesetas más. La entrada de los ingleses no había perturbado en absoluto lo que pasaba en el escenario: la que se hacía llamar *la Mallorquina* se había arrodillado, o algo así, sobre el tablado y remataba la canción del Curro:

> *Y cuentan que el probe Curro,*
> *estando en las boqueás*
> *dijo: «María, me aburro.*
> *Sin beber, yo no soy ná.»*

La Mallorquina se timaba con el pianista. Decían las malas lenguas que se iban a casar, pero eran las malas lenguas. Por lo pronto vivían juntos, lo que ella ganaba y lo que ganaba él les daba para un hotel de tercera, no para una pensión, como era lo corriente. Una pensión de aquellas en que vivían la Iris y las demás. La Amparo picaba un poco más alto: además del dormitorio tenía un baño para ella sola y un gabinete. Todo lo pagaba aquel que era novio de mi hermana y a quien yo quería mal.

CAPÍTULO II

LA JUNTA DEL CASINO había inventado en honor de los oficiales de la Escuadra Inglesa un baile cuya finalidad no eran los oficiales mismos, sino las señoritas de la localidad, entre las cuales se contaba, naturalmente, mi hermana Flor.

Los encontré aquella noche muy puestos, de tiros largos. Mi madre y mi hermana con trajes nuevos, mi padre con su esmoquin. Mi hermana era como mi madre, más bien achaparrada, y veía con envidia la figura alta y seca de mi padre. Yo creo que hubiera sido más feliz pareciéndose a él, cuya figura pasaba por más distinguida que la suya; y, sin embargo, era a mi madre a quien debía la poca distinción que le cabía. Mi padre era un marino mercante que había conquistado a mi madre con su buena figura; pero las tornas se habían cambiado, y quien resultaba más distinguido era mi padre, con su aspecto de lobo de mar, no mi madre, achaparradita, y la hija, que se parecía a ella. Flor era más guapa que mi madre, eso sí; más guapa que mi madre y más que aquella otra, la Amparo, que, sin embargo, tenía las piernas más largas, un poco más largas. Yo lo sabía bien: había visto a mi hermana en bañador y las había comparado: las de Flor eran un poco más cortas.

Cenaban en silencio, ellas, vestidas para el acontecimiento y pensando seguramente en lo guapas que estaban. Mi padre, metido en su viejo esmoquin, yo no sé en qué pensaba aquella noche: seguramente en lo caros que le habían costado los trajes largos de su mujer y de su hija. Los trajes que no había podido pagar y que habían incrementado la cuenta de la modista, como se habían incrementado otras a las que mi padre tenía que hacer frente.

A mí no me hacían ningún caso ni mi hermana ni mi madre, pero mi padre de vez en cuando se dirigía a mí y me miraba. Al acabar la cena me echó pitillos negros, de los que él fumaba, de los que me gustaban a mí.

—Así le fomentas el vicio, y es un vicio de los caros.

—Vale más que fume de esto que de esas porquerías que le dais vosotras, esas que os venden de contrabando y que sólo hacen arruinar la salud del chiquillo. Lo mío no le hará daño.

Echábamos el humo el uno contra el otro, y nos reíamos: él con su risa que sonaba a ron, yo con mi risa más joven, esperanzada donde era desengañada la de él. La de él parecía decirnos: «Un día de éstos me perderéis.» Pero yo no sabía escuchar aquella risa de mi padre, aquella risa que me estaba destinada, por encima o por debajo de la de aquellas dos mujeres.

Se trató de cómo sería el viaje: naturalmente, lo haríamos en el viejo Studebaker; naturalmente, las llevaríamos a ellas primero ya que alguien las esperaba, y después, mi padre y yo, iríamos a donde él quisiese o a donde quisiese yo, pues conmigo no contaban para el baile y me habían dejado aquella noche libre, todo por no avisarme a tiempo pues yo tenía mi esmoquin y podía presentarme en el baile sin que les costase a ellas ni una perra: lo mismo que mi padre.

El Studebaker era viejo y no andaba muy bien; mi padre era el que lo entendía y lo conducía, a poca velocidad, es lo cierto, pero siempre llegaba a su fin. Mi madre era partidaria de comprar otro coche, y mi hermana también; pero mi madre quería un Buick, y mi hermana un Peugeot. Así andaban ellas: la una, partidaria de los coches americanos; la otra, de los franceses. Y es en lo que se apoyaba mi padre para mantener vigente el viejo Studebaker: ellas no se ponían de acuerdo; había, pues, que esperar.

Mi padre las dejó, todas peripuestas, frente al casino, allí donde las esperaba precisamente Sabino, embutido en su frac, que le venía yo no sé cómo, si ancho o estrecho; sólo sé que le venía mal. Pero mi hermana se cogió de su brazo, mi madre se puso detrás, y así entraron en el casino mientras mi padre me decía:

—¿Adónde quieres que te lleve? ¿Al café?

—No —le respondí—. Llévame al periódico.

No dio la vuelta allí mismo, mi padre, sino que siguió algo más adelante y dio la vuelta donde marcaban las ordenanzas. Era muy cumplidor y así no le habían puesto jamás una multa. Pasamos rápidamente delante del casino, que estaba todo iluminado, las puertas y las ventanas. Se oía a lo lejos una orquesta de violines y los oficiales ingleses empezaban a llegar. Mi padre iba a decir algo pero se calló la boca. Más allá del casino la calle oscurecía, y el coche se metió en la oscuridad como por un lugar conocido. Aquella vuelta la había dado muchas veces, siempre para dejarme en el periódico; muchas veces, cuando él salía del barco y yo le acompañaba después de haber pasado la tarde juntos. En la oficina del barco había una máquina de escribir donde yo pasaba a limpio mis artículos y mis versos, los que escribía para nadie, aunque al publicarse fueran dedicados a Fulana o a Zutana. Fulana y Zutana no eran en este caso dos amigas de mi hermana, es decir, dos niñas bien, sino dos de aquellas tías del café cantante. Pero daba igual: los nombres eran los mismos.

El coche paró en el bordillo frente al periódico, por cuya puerta salían ya el ruido de las linotipias y el olor a tinta de imprenta. Convine con el viejo dónde nos íbamos a encontrar cuando terminase el baile y cuando él hubiera dejado en casa a mi madre y a mi hermana. Le vi marchar corriendo hacia arriba y dar la vuelta en la farola; al pasar delante de mí me pareció que hacía con la mano una señal de despedida. Sólo entonces entré en el periódico.

El director no había llegado aún, o quizá anduviese por los talleres. Me senté en un rincón de su despacho y encendí un cigarrillo de los que mi padre me había dado: un cigarrillo negro, de aquellos tan buenos que le traían. Me senté en la butaca, hacía calor, empezaba a dormirme; aquélla era la hora de acostarme, no la de andar por despachos ajenos para colocar mi articulejo: página y media bien dobladas que había pasado a limpio aquella tarde en la máquina del barco, como ya dije.

—Vamos a ver qué es eso que me traes —me dijo el director mientras se sentaba detrás de su mesa y ponía los pies encima, a la americana. Era un hombretón, todavía joven, y me había tomado cariño, no sé por qué, acaso porque le recordaba a un hijo perdido o cosa por el estilo. De lo que estoy seguro es de que no me quería por mí mismo, sino porque me parecía a alguien.

—Lo de siempre. Folio y medio a dos espacios. Continuación de lo anterior.

—Ya, ya.

Le tendí los papeles que llevaba doblados en el bolsillo, cerca de mi corazón. Él los recogió, los desplegó y les echó un vistazo.

—Hoy ya no tenemos espacio. ¿Te será igual esperar hasta mañana?

Le respondí que sí con la cabeza y le tendí uno de aquellos pitillos que sabía que le gustaban. Él no me había ofrecido jamás de lo suyo, cosa que yo le agradecía, porque fumaba mal tabaco, muy mal tabaco, de aquel que apestaba nada más encenderlo, y olía aún peor de apagado, cuando se arrojaba la colilla al cenicero: había que buscarlas, aquellas colillas hediondas, deshacerlas y tirarlas a alguna parte, pero lejos.

—Me telefoneó ese de Asturias.

—¿Y qué te dijo?

—Lo de siempre, no puede ofrecer más: cinco duros en metálico y la pensión por su cuenta. No puede ofrecer más. Y hay que contestarle antes de que termine la semana.

Eché la cuenta: faltaban cuatro o cinco días, según que se contase o no el domingo

—Pues un día de éstos te daré la respuesta. Aunque bien podías sacarle un duro más. ¿Qué menos que una peseta diaria para el tabaco y el café? La peseta es lo que me da mi madre, pero entre mis gastos no se cuenta el tabaco: ése me lo da mi padre, y es lo que ahorro.

Se estaba bien allí, calentito. Pero a mí me andaba por la cabeza la imagen de una mujer cantando y la de otra muy cercana a mí, quizá a mi lado. Me levanté contra mi voluntad.

—¿Ya te vas?

—Volveré. Mi padre quedó en recogerme aquí, pero de madrugada, después de haber dejado en casa a mi madre y a mi hermana, que iban con él al baile.

Le sonreí, mientras él se levantaba también.

—Entonces ¿volverás?

—Eso es lo que pienso... al salir del cine.

—Te leeré una carta que me ha llegado de Madrid, una carta sobre la situación.

Me acompañó hasta la puerta, el director, que se llamaba Ernesto, y era un hombretón que me había tomado cariño por mi parecido no sé con quién. Yo hubiera preferido que me admirase un poco, nada más que un poco, por aquellos artículos breves que yo le escribía y que él me publicaba sin pagarme un duro, ésa es la verdad, sin pagarme un puñetero duro.

Fuera llovía mansamente. Llovía una lluvia menuda y escasa, casi no era llover. Me metí por las calles oscuras, pero antes había echado la boina hacia atrás, de modo que aquella poca agua que llovía me mojaba la cara, me refrescaba. Así llegué hasta el café, y me quedé un rato a la puerta antes de entrar: el pianista tocaba el preludio de la canción, y la que iba a ser su mujer, quiero decir la que nosotros llamábamos *la Mallorquina*, daba los primeros pasos por aquel tablado: en su cuerpo delgado parecían concentrarse todas las luces del escenario.

Entré en el café. Los habituales no habían llegado aún. La Mallorquina empezaba a cantar, allá en su rincón: el cuerpo delgado y esbelto se recortaba sobre el fondo rojo de los cortinajes.

Habían entrado conmigo unos cuantos pescadores, vestidos con sus trajes de domingo, que se distribuyeron por las mesas próximas al escenario. Muy lejos de él, como si aquella tarde no hubiera pasado nada, la Iris leía su novela. Yo busqué en la penumbra la mesa donde debía de estar la Amparo, y la descubrí allá, en el fondo, a la derecha, vestida esta vez de negro, aquel traje que me gustaba y que se ponía con un abrigo: el traje cuyo busto, o cuya blusa, estaba bordada en lentejuelas. Me acerqué a ella y le pregunté, sin quitarme la gabardina, sólo con la boina en la mano, si me dejaba sentar junto a ella.

—¡Pues claro, chaval, no faltaba más!

Se echó hacia un lado y apartó la falda con la mano. Quedaba una silla vacía, la silla a su lado, que ella me señalaba.

—Aquí. Lo más cerquita posible. Pero, antes, quítate esa gabardina mojada que traes puesta y déjala ahí junto a mi abrigo. ¿Qué vas a tomar?

Le respondí cualquier cosa, no lo recuerdo bien, o un café o una copa, mientras me quitaba la gabardina y la dejaba donde ella me había dicho, junto a su abrigo. Después me senté a su lado.

—¿Qué haces por aquí a estas horas? No sueles venir de noche.

—Pues yo te digo lo mismo, ¿qué haces tú por aquí si ya son las once y media?

—Pues vengo del periódico. Hoy tengo la noche libre. Toda mi familia se ha ido al baile.

—Pues, mira lo que son las cosas, yo estoy aquí por lo mismo, porque se me ha ido al baile, a ese baile que dan en el casino para que las honraditas se refrieguen con los ingleses. Que éstos lo cuenten luego, ¿qué más da? Lo contarán lejos y en su idioma.

Yo ya me había sentado. Se acercaba la Juana con su delantal blanco bien apretado y preguntó que qué iba a ser. La Amparo, antes de responderle, me miró. Luego dijo:

—Tráele una copa de coñac para que esté fuerte durante esa siestecita que vamos a echar juntos.

Se volvió hacia mí.

—¿Verdad, chaval, que vamos a echar una siestecita juntos? Una siestecita, o como quieras llamarla. Lo importante es que vamos a estar juntos y calentitos. Lo de la siestecita será mañana.

La Juana se había ya marchado y allá lejos, en el mostrador, le hacía el pedido a don José. Trajo una copa de coñac del bueno, y la puso delante de mí.

—Tómala pronto, precioso, que me hace falta que estés muy fuerte. Si quieres otra, si te hace falta otra, te convido también. Pero no, no. En mi casa tengo coñac para que bebamos los dos y nos emborrachemos.

—Pero ¿todo eso que dices es cierto?

—Como que estoy aquí, precioso, como que estamos juntos. Ponte tu gabardina y ayúdame con mi abrigo. Lo de pagar a la Juana vendrá después. La Juana no desconfía, aunque no sea más que por las propinas que le he dado.

Llovía más fuerte que antes. La Amparo, antes de cogerme del brazo, abrió el paraguas. Y mientras íbamos a su casa, así cogidos, así tapados, y mientras ella iba diciendo no sé qué, porque no le hice mucho caso, yo iba pensando.

Lo primero que pensé fue que iba a vengarme de aquel imbécil que iba a ser mi cuñado, de aquel Sabino que pagaba a la Amparo y ahora estaba en el casino seguramente con mi hermana, seguramente bailando con ella, bailando el agarrado pero un poco separados porque andaba mi padre por allí y no transigía con ciertas bromas; pero, mientras tanto, yo iba con la Amparo, cogido de su brazo, debajo de su paraguas, y mi gabardina, por la parte del muslo, rozaba con el abrigo de ella, también por la parte del muslo, y nadie nos decía nada: mi padre no estaba allí, y aunque estuviera a mi padre le parecería natural que yo le birlase la hembra a Sabino, lo de la hembra es un modo de hablar, mientras él impedía que Sabino y Flor se acercasen demasiado.

Pero este modo de pensar se me fue pronto; me olvidé de mi padre, de mi hermana y de Sabino. Fue todo rápido, como si hubieran salido por una puerta ella y ellos dos. Primero ella, naturalmente. Nos dejaron solos a la Amparo y a mí, solos y desnudos en aquella habitación con baño individual y gabinete que Sabino le pagaba a la Amparo en una pensión cuya dueña me miraba con cariño, no sé si porque me parecía a alguien o por otra razón.

Habíamos ya dejado el camino de tierra apisonada y caminábamos por una acera de losas, muy empinada, muy revuelta, a cuyo final estaba la casa donde vivía la Amparo. Yo sabía que era el momento de pensar algo importante, aquel en que estábamos solos la Amparo y yo. Algo importante para mí, pero no se me ocurría nada, y menos algo importante; lo que sustituyó a la imagen de Sabino vociferando y a las palabras de mi hermana Flor diciéndome que también la ofendía a ella fue la imagen de la Amparo y yo, desnudos, la ancha cama en medio de los dos. Y fue entonces cuando me sentí humillado porque yo no había hecho nada para merecer aquello, para conquistarla. Nada más que dejarme llevar.

CAPÍTULO III

ERA MUY TEMPRANO aún cuando la Amparo ordenó que nos vistiésemos. Ya no llovía pero, aun así, me cogió del brazo y fuimos hasta el café cantante. Ella me iba diciendo algo, pero yo no le hice caso y no lo recuerdo. A la entrada vimos que el café estaba desierto y el rincón del escenario apagado. La gente se había trasladado al sótano, donde continuaba la juerga, suponiendo que a aquello se le pudiese llamar así. La Amparo se despidió de mí hasta el día siguiente, después de comer. Nos besamos en la boca. Ella se marchó abajo y yo salí a la terraza. Seguía sin llover, pero se había levantado una brisa que venía de la mar cercana. Me levanté el cuello de la gabardina y eché a andar debajo de los árboles, que a aquella hora devolvían en gotas gordas el agua que en gotas finas habían recibido durante el día. De vez en cuando se oía el ruido de algún coche, y uno de ellos se detuvo frente al café cantante. «Ése es el imbécil de mi cuñado.» No miré atrás. La cita con mi padre era en el periódico. Allá me dirigía. El viejo Studebaker estaba aparcado al lado del bordillo, frente a la puerta por la que él ya había entrado, por la que debía entrar yo.

Fui directamente al despacho del director. Lo hallé sentado, enfrascado en la lectura de unas pruebas, no sé si de un artículo o de unas noticias.

—Siéntate —me dijo—. Tu padre anda por ahí. Ya ha llegado y te espera. Dijo que no tenía prisa.

Volvió a enfrascarse en la corrección de las pruebas. Yo busqué mi rinconcito caliente y allí me senté. Cerrados los ojos, podía repasar las imágenes de lo sucedido en las últimas horas entre la Amparo y yo: imágenes que a veces me avergonzaban, y las hacía huir rápidamente, y a veces no, y entonces las retenía como para evitar que se escapasen, aquellas imágenes gratas, las más difíciles de retener o recordar.

Mi padre, seguramente, se había detenido a la espalda de cualquier linotipista: le divertía, le interesaba aquel modo de trabajar que se parecía al de un mecanógrafo con su máquina de escribir, pero que metía otra clase de ruido y no trabajaba sobre papel, sino sobre metal. A mi padre solía interesarle cómo se hacía un periódico y, a veces, cuando iba a buscarme, pocas veces al año, seguía todo el proceso, desde la linotipia hasta la teja que se instalaba en la enorme máquina de la que salía el periódico: cuatro páginas, cuatro páginas enormes, donde cada cosa tenía su sitio, igual que cada anuncio. Yo creo que me quedé dormido, pero no por eso el recuerdo del tiempo pasado con la Amparo salió de mi conciencia; dejé de verla, eso es cierto, pero la sentía en las puntas de los dedos: lo frío y lo caliente, lo húmedo y lo seco, lo duro y lo blando lo iban sintiendo mis dedos como si la estuviesen tocando. Hasta que algo me sacudió: era mi padre que me había descubierto y así me despertaba para llevarme con él hacia la casa remota donde existía un rincón para mí, donde yo seguiría soñando con la Amparo.

—Ya voy, papá.

—No tengo prisa. Ellas ya están en casa: las ha llevado él. No tengo prisa, puedo aguardar todo el tiempo que quieras.

Abrí los ojos. Estaba delante de mí y se había agachado un poco. El director estaba fuera. Pregunté por él. Mi padre me dijo:

—Acaba de marcharse. Dijo algo de que van a cerrar el periódico y él tiene que estar delante. Yo no sé lo que es eso.

Me tendía la mano. Yo me agarré a ella y, haciendo un esfuerzo, me levanté. Por un momento me hallé más alto que mi padre, pero él se enderezó, y entonces me di cuenta de que debíamos hacer mala pareja él y yo: él tan largo y delgado como era y yo gordito. Lo de gordito era una novedad: me lo había dicho la Amparo aquella noche, dándome una gran palmada que

34

hubiera resonado, pero que no resonó, porque la cama de la Amparo ocupaba casi toda la habitación y no había lugar para resonancias.

Rugía ya el motor, aquel pobre motor de nuestro Studebaker, cuando mi padre me preguntó:

—¿Qué tal el cine?

—No fui al cine, fui al café. Hay una tía de esas que cantan que me gusta cómo lo hace. Se llama *la Granadina* o *la Mallorquina*. No sé, pero lo hace bien. A mí, al menos, me gusta.

Mi padre no dijo nada, dimos la vuelta a la farola y por caminos oscuros nos fuimos hacia casa. Lo mismo él que yo nos sentíamos ajenos a aquel caserón donde mi madre y mi hermana se sentían en su salsa: mi hermana porque era la propietaria, según el testamento de mi abuelo; mi madre, según los mismos papeles, porque era la inquilina de por vida. De los papeles quedábamos excluidos mi padre y yo. No sé por qué, pero así era.

Yo me había sentado a su lado; los faros del coche alumbraban por delante, pero no a nosotros. Nosotros permanecíamos en la oscuridad, que sólo el pitillo de mi padre interrumpía a veces. Delante de él, yo no solía fumar.

—¿Piensas hacer algo de tu vida?

—Ese de Oviedo sigue tentándome, pero la tentación no es lo bastante fuerte: ahora me ofrece pagarme la pensión y darme cinco duros para mis gastos. Es poco, ¿no te parece? ¿Qué menos que una peseta diaria? Es lo que yo pido.

Mi padre tardó en responderme. Dio una larga chupada a su cigarrillo, que alumbró el parabrisas y una parte del volante. Supongo que me alumbraría a mí también. Luego dijo:

—Yo, en tu lugar, aceptaría.

—¿No te parece poco?

—Sí, lo es, sin duda, pero hay muchas posibilidades; una de ellas, que te suban el sueldo; la otra, que te adaptes y vivas tu vida con esos cinco duros, que no alcanzan lo que te da tu madre, y he dicho lo que te da, no lo que tú ganas. Hay una diferencia entre ganarlo y recibirlo de bóbilis, bóbilis. Se estima más lo que se gana. Además...

—Además, ¿qué?

—Además podrías terminar esa carrera que tienes empezada. Allí creo que hay Universidad, ¿no? Hasta, con un poco de esfuerzo, podrías asistir a las clases.

—Tendría que madrugar mucho, y eso, acostándome tarde... Ya sabes que los periodistas se acuestan tarde, a estas horas más o menos.

Imaginaba a mi amigo el director, después de cerrado el periódico, dando las últimas órdenes en medio de la barahúnda que armaban las máquinas donde el periódico se tiraba. El director se dirigía a los mozalbetes, la mayor parte de ellos, no todos, astrosos, y les daba instrucciones para la venta.

Habíamos llegado, no digo a mi casa, menos aún a nuestra casa, sino a la casa donde vivíamos: un caserón antiguo, con su torre y su solana, de gran apariencia, pero nada más: por dentro era inhabitable, salvo aquellas habitaciones que mi madre había arreglado para ella y para su hija con el dinero que mi padre ganaba, naturalmente, por aquellos mares de Dios, unas veces tranquilos, otras veces alborotados.

Mi padre detuvo el coche frente a la puerta.

—Duérmete y mañana haz lo que quieras; pero yo me quedaría más tranquilo sabiéndoos colocados a tu hermana y a ti. A tu hermana porque va a casarse con el tío ese, que no te es simpático, a mí tampoco, pero, ¿qué le vamos a hacer? Ni tú ni yo vamos a casarnos, sino ella, de modo que ¡allá ella! Por mí, que no quede, y por ti tampoco ha de quedar si haces caso a tu padre y aceptas ese puesto. Eres muy joven para salir de casa, pero... ¿es ésta tu casa?

Un poco de luna, que pegaba detrás del caserón, lo hacía aparecer como imponente. Mi padre y yo veíamos cómo se recortaban, contra el cielo claro pero con nubes, las almenas, que allí llamaban picos, y la torre. La aparición del sol reduciría a nada aquello que, de noche y con un poco de luna, nos parecía majestuoso. Se encendió una luz: era en la habitación de Flor, que iría de aquí para allá antes de acostarse, como era su costumbre. Mi padre bajó del coche y abrió el postigo del portalón.

—Anda y vete a tu cama. Mañana hablaremos.

Yo descendí por mi lado mientras mi padre entraba en el coche por el otro.

—Voy a dormir al barco.

Le vi marchar. Cerré la puerta del corral y, después, el postigo. Me hallé en el zaguán oscuro. Busqué a tientas la escalera y así, a tientas, llegué a mi habitación, la última de la casa, allá en la torre. Pagar mi independencia, mi silencio, con la desatención de todos. No tenía luz eléctrica ni me hacían la cama. A tientas también busqué la palmatoria, y tardé en hallarla. Las cerillas, en cambio, acudieron pronto a mis dedos: se hallaban en su lugar de siempre, en el bolsillo derecho del pantalón. Encendí una y, mientras despabilaba la vela, me fui dando cuenta del desorden de aquellos cuatro libros que había sobre la mesa, de aquella cama deshecha que estaba en un rincón y no olía precisamente bien: yo creo que hacía dos semanas, si no más, que no la habían mudado. Las sábanas perdían su blancura. Encima de una silla, hecha un gurruño, estaba la manta inútil: ya hacía calor por aquellos días, ya no se soportaban más que la sábana y la colcha, que, ésa sí, estaba sobre la cama, revuelta con la sábana de arriba, rosa y blanco, para taparme. Las puse en orden, en un cierto orden, que incluía también la almohada y estirar la sábana de abajo. Después me acosté, pero tardé en apagar la vela: por seguir una costumbre leí algo, más bien poco. Después apagué.

CAPÍTULO IV

Aquello no era llover, ni siquiera orvallar: una agua fina, como espolvoreada, lo envolvía todo, lo mojaba todo. Así, la gabardina raída de la Iris, que me esperaba acodada a una pilastra de cemento. Se había puesto un velito impermeable por encima del pelo rubio, teñido; los ojos grandes, como espantados, le aparecían debajo del velito. Yo empecé a contar, en el bolsillo, las perras de su café, y se las ofrecí sin decir palabra; pero ella las rechazó.

—El tío ese, el que llamáis don José, acaba de mandarme recado de que puedo sentarme a una mesa y tomar algo gratis, café o copa de aguardiente. Pero... tengo algo que decirte, por eso te esperé aquí.

La cogí del brazo y juntos nos encaminamos a la puerta del café. Ella se retiró el velillo.

—Sí. Tengo algo que decirte. Se refiere a esa de las tetas caídas, la Rufina. Yo no me fiaría de

39

ella. La he visto recibir dos duros de ese que paga a la Amparo.

La tía que cantaba en la esquina roja del café había cambiado: ahora era una de ésas, gordas y fofas, a las que les da por lo patriótico.

> *España: claveles rojos,*
> *hembras de carne morena*
> *que tienen negros los ojos*
> *y el alma de Macarena.*
> *España: claveles rojos...*

La Amparo no había llegado todavía. La Iris me empujó hacia su rincón, vino la Rufina, la Iris no pidió nada; se quitó la gabardina, la echó sobre una silla y se sentó. Yo presenciaba de pie todas esas operaciones.

—Hazme caso. A una puta como yo se le paga por acostarse con ella. Cuando son otros los servicios, ¡malo! Eso es lo de la Rufina. Te habrás fijado en que tiene las tetas caídas. Nadie va con ella y, sin embargo, ese tío que le paga a la Amparo le dio dos duros, dos duros de plata, que lo he visto yo. Fue ayer, de noche, cuando los fletes se iban, cuando todas nos íbamos, también la Amparo. La Rufina estaba a la puerta, viéndonos salir. Ese que paga a la Amparo se había quedado atrás y habló con ella, no sé qué se dijeron, no fue nada de irse juntos porque él dio una carrerita hasta alcanzar a la Amparo, la cogió del brazo y se fue con ella. Pero le había dado dos duros a la Rufina, dos duros de plata contantes y sonantes, que yo los vi y los oí, aquí mismo, a la puerta, donde estamos ahora. Yo ya había salido, pero quedaba cerca. Por eso oí y vi. Yo que tú no me fiaría un pelo de la Rufina. Estas tías, ya viejas, que no hay quien vaya con ellas, son malas, óyeme, malos bichos. La Rufina y la Juana. ¿No has visto a la Rufina lo derecha que estaba cuando me preguntó qué iba a tomar? Por eso le dije que nada. Es un mal bicho. Hazme caso, yo no me fiaría de ella. Tú te vas todas las tardes con la Amparo, te fuiste ayer y anteayer, que bien os vi yo. Haces bien en irte con la Amparo, que está buena, ya lo creo: está muy buena. Yo también me iría contigo, sin cobrarte nada, porque supongo que la Amparo tampoco te cobra...

Se abrió la puerta del café, entró la Amparo, no nos miró, fue derecha a su mesa, que estaba vacía.

—Ahí la tienes. Vete con ella. Pero hazme caso y no te fíes de la Rufina. Es un mal bicho. Y no te olvides de lo que te dije: cuando el tío ese le prohíba a la Amparo venir por aquí, puedes irte conmigo. Yo tampoco te cobraré, por lo menos las primeras veces, dos o tres. Eres un buen muchacho. Guárdate las perras que vas a darme, que te harán falta esta tarde. Te llegan para el cine, ¿no?

Pero yo ya no la oía. La Amparo me esperaba en su mesa. Se había quitado el impermeable y lo dejaba encima de una silla. Yo coloqué el mío a su lado.

—Hola, guapo. ¿Qué dice mi hombrecito de por las tardes?

Se acercaba la Rufina, sonriente. Se dirigió a la Amparo:

—¿Qué va a ser? ¿Lo de siempre?

Traía una sonrisa, la Rufina. Una sonrisa que parecía artificial, recortada de alguna parte y pegada allí, encima y alrededor de la fea boca de la Rufina: una boca con dientes podridos e incompletos. Yo había cogido con mi mano la que Amparo había dejado, como al descuido, junto a mí.

—Te tengo que cortar las uñas. Cuando te viene me las clavas en la espalda y, aunque a mí no me duela, después se nota: un negrón pequeñito por cada uña, ahí mismo, al lado de eso que los señoritos llamáis la espina dorsal y nosotras el espinazo. Apréndetelo bien, el espinazo.

Había sacado de su bolso unas tijeritas y empezado a recortarme las uñas de aquella mano. Yo le ofrecí la otra, y me la recortó también. Mientras tanto, la Rufina había traído dos cafés solos y dos copas de aguardiente que había puesto delante de la Amparo, delante de mí. Desde su rincón, la Iris nos miraba y sonreía. Yo recordé sus palabras: «No te fíes de la Rufina, es un mal bicho.» La Amparo había terminado con mis uñas; abandonó mis manos y guardó las tijeritas en su bolso. Yo vertí la copa en la tacita del café: me gustaba más así, mezclado, que por separado, el café por una parte, el aguardiente por la otra, como los tomaba la

Amparo: sorbito de café y sorbito de aguardiente.

—¿Te pido otra copa? Hoy necesito que estés fuerte: te voy a pedir más de lo que me das cada día.

Le dije que no con la cabeza. Ella se puso en pie y me cogió del brazo como para levantarme. Lo hice con mis fuerzas, no con las suyas; lo hice ágilmente, para que viera que no necesitaba de otra copa.

—Pagaremos luego. Ahora vente conmigo.

Ya sabía dónde iba a llevarme. Me puse el impermeable, el abrigo, lo que traía puesto, y la seguí. La alcancé en la puerta y la tomé del brazo. Lo último que recuerdo es la sonrisa de la Iris que nos miraba desde su rincón.

Muchas veces he pensado que el que ahora es mi cuñado y entonces no lo era todavía, calculó mal y lo hizo peor: el Sabino, como le llamaba yo, o Ése, como le llamaba la Amparo, nos esperaba donde ésta vivía, tumbado en la cama que él pagaba. Nos esperaba agazapado en la oscuridad, de manera que cuando la Amparo hizo clic con la lámpara apareció él encima de la cama, vestido, restregándose los ojos e insultándonos. Tenía que haber esperado, para aparecer, a que estuviésemos desnudos, a que estuviésemos metidos en la cama, no antes de que nada de eso sucediese, uno a un lado, otro a otro y él, en el medio, no sabía bien a quién insultar más fuerte, si a ella o a mí, llamándola «zorra», llamándome «hijo de puta», pues ya sabíamos que lo era, al menos, ella. Llamarle «zorra» a la Amparo era como llamar cordillera al Himalaya; pero llamarme a mí lo que me había llamado era más discutible, porque mi hermana era lo mismo que yo, hijos de la misma madre, sólo que ella era hembra y tenía de novio a Sabino, con el que se iba a casar, como que ya estaba pedida, y yo era el macho del asunto. Sabino nos pegó a los dos, no sé si a mí porque le pegaba a la Amparo y yo me metí a defenderla, o le pegó a la Amparo porque primero me pegaba a mí y ella se metió por el medio. La verdad es que el Sabino no tenía media hostia, pero tanto Amparo como yo convinimos luego en que no le faltaba la razón, toda la razón del mundo, para pegarle a ella, para pegarme a mí o para pegarnos a los dos, que fue lo que hizo antes de marcharse dando un portazo. La dueña de la pensión se plañía de aquel escándalo que nunca se había visto ni oído tal en su casa. Pero la verdad es que la Amparo con sus narices hinchadas, yo con un ojo a la virulé, nos metimos en la cama y le pusimos los cuernos otra vez al Sabino. Después nos fuimos cada uno por su lado: ella, seguramente, al café donde había quedado por pagar la consumición de aquella tarde; yo, al periódico, donde a aquella hora llegaba el director, al que dije que cuando hablase con su amigo de Asturias le dijese que sí, que yo me iba allá en cualesquiera condiciones. Después me fui al muelle a esperar a mi padre, pero el barco no había llegado todavía.

CAPÍTULO V

Yo ESPERABA QUE el barco de mi padre apareciese como un punto negro por la entrada norte de la ría, pero apareció por la entrada sur. Un punto negro con sus luces de situación prematuras que se iba agrandando conforme se acercaba al muelle y que se paró allí mismo, delante de mí, delante de donde yo había paseado un buen rato esperando que llegase. Yo creo que calculó el espacio, si podía meterse en aquellas pocas varas que quedaban entre el barco de altura, que había fracasado pero que esperaba allí mismo tiempos mejores, y el que atravesaba la ría todas las tardes, que había terminado ya sus singladuras de aquel día, se había quedado allí, y estaba ya bien amarrado sin tripulación alguna, sólo con un vigía que daba de vez en cuando una vuelta por cubierta y se volvía luego a las camaretas. Mi padre optó por abarloarse entre uno y otro. Cuando echaron la pasarela yo pude entrar, e iba a hacerlo en el camarote de mi padre cuando el contramaestre me cogió por un brazo y me llevó hasta la amura de popa.

—A este hombre hay que vigilarlo. Lo encuentro un poco triste estos días.

Yo también lo encontraba triste, a mi padre, al capitán de aquel barco, pero no tanto que pudiera averiguarse desde fuera, y yo llamaba «desde fuera» a todo el que no pertenecía a nuestro entorno familiar, a la gente que vivía, durmiendo o no, en aquel montón de piedras viejas con una torre y dos habitaciones modernizadas que nos servía de vivienda.

El camarote de mi padre, el del capitán de aquel barco, era pequeño y estrecho, pero muy iluminado. Tenía la cama encima de un montón de cajones en los que se podía guardar la ropa, un armario y una mesa de despacho donde estaba la máquina de escribir, la vieja Yost que yo utilizaba para poner en limpio mis artículos y mis poemas.

En eso estaba cuando entró mi padre. Venía a cambiarse y lo hizo aprovechando que yo estaba de espaldas y no le veía en ropas menores. Pero oí su voz y comprendí que estaba triste. Le dije que por fin me había decidido a aceptar aquel trabajo que se me ofrecía en Asturias y que estaba tan de acuerdo con mis mejores cualidades; mi padre me preguntó si en mi decisión había influido aquel negrón que me habían hecho y que abarcaba el lado izquierdo de mi cara, ojo y oreja incluidos. Creí que mi padre no se había dado cuenta, pero me equivocaba.

—Algo influyó. ¿Por qué voy a negártelo?

—Podías hacerte el sueco y no contestarme.

Su voz cambió de tono.

—¿Quieres cenar conmigo? Sé de un sitio aquí cerca donde, por poco dinero, cenaremos muy bien, lo que se dice muy bien. Sopa y un plato, pero bien colmados los dos. Un plato de carne o un plato de pescado, lo que prefieras, a elegir. Tendrías que avisar a casa que no nos esperen a ninguno de los dos. Tú bien sabes cómo se mandan esos avisos porque a veces tú mismo no has cenado en casa.

Se había puesto el traje azul y tenía en las manos el sombrero, que no se pondría hasta salir del barco: mi padre era muy mirado, muy chapado a la antigua. Se hizo a un lado para dejarme pasar y yo mandé el recado a casa de que cenaran sin nosotros. Cuando regresé lo encontré al pie de la pasarela, al tiempo que del otro cabo se alejaba el contramaestre. Mi padre se había puesto el sombrero y había completado así su figura elegante, alta y escueta. Me colgué de su brazo y, un poco a rastras, le seguí. Me guió hasta el restaurante aquel donde se comía bien y barato, donde era muy conocido, porque todos los camareros le saludaron al llegar.

—¿Quiere la mesa de siempre, capitán?

—¿Prefiere un sitio cerca de la puerta?

Mi padre escogió entre las diversas ofertas:

una mesa cerca de la puerta, pero un poco reti-rada. Pedimos sopa; él, pescado; yo, carne, y un vino tinto para los dos, un vino de Rioja que mi padre añadió por su cuenta y que yo no me atrevía a pedir.

Había poca gente aquella noche, pero mi padre me advirtió de que los habituales irían llegando y ocupando sus sitios de costumbre.

—Esta mesa la suele usar un matrimonio de viejos. Él debió de ser marinero o marino de al-guna graduación, vete tú a saber.

De todas maneras nos dimos prisa en termi-nar y dejamos la mesa cuando ya el matrimo-nio de viejos había llegado. Mi padre les sonrió al pasar; ellos se apresuraron a ocupar los sitios que habíamos dejado vacantes: yo creo que to-davía encontraron las sillas calientes de las po-saderas de mi padre y de las mías. Fuimos a un café, a aquella hora a media luz, donde no ha-bía cantantes ni bailarinas ni cosa parecida. Me empeñé en llevar a mi padre allí y en convidar-le yo mismo para que viese que, a aquellas ho-ras, todavía no había cambiado la peseta que me daba mi madre y algunas perras más que te-nía yo ahorradas: cinco o seis según mis cálcu-los, pero podía equivocarme.

—Y ese chollo que te ha salido en Asturias, ¿qué porvenir tiene?

Me extendí sobre las ventajas de ser perio-dista a mis años y de que era un buen comien-zo para la carrera literaria que yo esperaba de mí mismo. En el teatro se ganaba dinero, y yo me interesaba sobre todo por el teatro. Los artículos que venía publicando trataban de eso: no de repetir las lecciones consabidas, sino de utilizarlas para establecer una nueva relación entre el público y la letra. En una palabra: cambiar el contenido, que sería lo nuevo, lo que me correspondería a mí, y conservar el continente, que era a lo que la gente estaba acostumbrada. Por gente entendía yo, en aquel caso, lo mismo los que estaban arriba que los que desde las butacas y toda clase de asientos atendían y entendían o no lo que desde el escenario se les proponía. Me dio la impresión de que mi padre no me había entendido bien, porque ésta fue su respuesta:

—Sin embargo, terminar esa licenciatura que tienes empezada no te vendría mal. Alguna vez te lo dije, no hace mucho. Con una licenciatura podrías hacer unas oposiciones y empezar a ganar dinero, no sólo para ti, sino para ayudar a esas mujeres que son quienes más lo necesitan. Porque yo, ya ves, me las gobierno solo y seguiré gobernándome sin necesidad de nadie, y menos de ti.

—Sí, papá.

Lo de siempre. Habíamos llegado a lo de siempre. Mi padre y yo nos entendíamos bien; pero al llegar a aquel punto de mi porvenir, él iba por un lado, las oposiciones y todo eso, y yo por el otro. Discutimos un momento sobre quién iba a pagar los cafés. Cuando por fin conseguí que me dejase pagar, vino el camarero y ya lo hicimos levantados, lo de pagar. Me preguntó el cómo, el cuándo y el dónde me recogería, y yo le dije que en el periódico a eso de las doce o la una. No dije la hora exacta porque pensaba ir al café cantante, y uno sabe cuándo entra ahí, pero no cuándo sale.

—Más bien hacia la una, o quizá más tarde. Tengo que hablar con el director, a ver si me paga el viaje.

—De eso me encargo yo.

Se rieron de mí cuando me vieron el negrón del ojo y de la oreja, pero dejaron de reírse cuando vieron que la Amparo también negreaba en algún lugar de la cara. Hasta la Iris fue comprensiva.

—¿No te lo dije yo? La Rufina le fue con el chivatazo al tío ese, al señorito que viene todas las noches a llevarse a la Amparo. Hoy no vendrá, ya lo verás. Esos tíos que pagan son muy suyos.

El negrón de la Amparo era justo en el lado contrario del mío, pero era más oscuro: se conoce que le había pegado a ella con más fuerza que a mí, o que ella tenía la piel más delicada, ¡vaya usted a saber!

La Iris se vino a nuestra mesa.

—Oye —le dijo a la Amparo—, tengo que hablar contigo y me da igual que esté delante éste.

—Tú dirás —dijo la Amparo.

La Iris se acomodó mejor en la silla de enfrente y puso su bolso encima, como para precaverse o defenderse.

—El tío ese vino esta tarde a hablar conmigo. Me dijo que me ofrecía cama, baño y gabinete en una pensión donde se comía bien, y un dinero para el bolsillo a convenir, pero que no bajaría de las tres pesetas diarias.

—Y tú ¿qué le has respondido?

La Amparo miraba fijamente a la Iris: ésta bajó primero los ojos, luego la cabeza.

—Yo le dije que viniera esta noche por aquí, que le daría la contestación: quería primero hablar contigo. También me dijo que duraría poco pero que me avisaría quince días antes de terminar, para que yo fuera tomando mis medidas.

—Pues fue más atento que conmigo. A mí no me avisó con tanto tiempo: me puso en la calle, y fue esta tarde misma. Cuando salí de casa, la patrona me dijo que se había terminado la bicoca y que podía irme con la música a otra parte. Ya no vivo allí. Ahora vivirás tú.

La Iris se deshacía en zalemas.

—Mujer, yo no voy a ocupar la cama que aún estará caliente de tu cuerpo. Por lo menos esta noche no iré allá. Mañana, ya hablaremos. Si necesitas algún dinero para esta noche...

La Iris rebuscaba en su bolso; la Amparo la detuvo con un gesto.

—Tengo dinero para esta noche y hasta para una semana. Tengo mis ahorros, ¿sabes? No tengo vicios mayores y todo lo que me lleva dado ese tío lo tengo en la Caja. Unas ochocientas pesetas. No creo que en el tiempo que te

51

queda te dé a ti tanto. Y a ver si lo administras de manera que cuando te deje plantada puedas aguantar por tu cuenta hasta que llegue otro imbécil.

—Mujer, eso de imbécil...

—Lo dije y no lo retiro. Imbécil, imbécil. Imbécil por dejarme a mí, imbécil por cogerte a ti. Lo dicho: ni más ni menos.

Acababan de encenderse las luces del rincón y una mujer gordita iniciaba la canción patriótica:

> *Yo he tenido la suerte*
> *de nacer en España...*

CAPÍTULO VI

MI PADRE SE HABÍA quitado la chaqueta. Debí de poner cara de sorpresa o de desagrado: mi padre no se quitaba la chaqueta jamás. Decía que eso era cosa de americanos y llamarle a algo o a alguien «americano» era lo peor en su boca. Pero me señaló a mí, y yo me vi también sin chaqueta. Inconscientemente me la habría quitado a causa del calor y estaba, de cualquier modo, en el otro extremo del departamento, allí donde la Amparo escondía en la relativa oscuridad su cuerpo y su figura. Le dije desde la ventanilla:

—No me había dado cuenta, perdona. Fue seguramente el calor que hace.

Mi padre había doblado cuidadosamente la suya y se la colocaba al brazo. Estaba casi solo en el andén: a aquella hora y en aquel tren había pocos viajeros. Hurgaba en los bolsillos.

—Vas a llegar muy tarde y tendrás que comer por el camino. No habíamos pensado en eso.

—Mamá me dio cinco duros esta mañana, cuando me despedía de ella.

—Bien te harán falta de aquí a que cobres tu primer sueldo. Ahora, toma: para que comas en Monforte, o donde sea, a mediodía.

Alargó la mano hacia la ventanilla; yo bajé la mía hasta alcanzar la suya y dejó entre mis dedos dos monedas de plata de cinco pesetas cada una. Intenté devolverle una de ellas.

—Con cinco pesetas tengo de sobra y aún me da para tomar un poco de buen vino.

—No sabes lo que te puede pasar. ¿Y si tienes un compromiso? No quiero que cambies esos cinco duros de tu madre.

A pesar de eso, mi mano, alargada hacia él, insistía en devolverle las cinco pesetas. Se oyeron tres campanadas, un pitido lejano y el tren empezó a moverse. Mi padre seguía en el andén: juraría que se le asomaron dos lágrimas a los ojos, pero no estoy seguro. Su figura empezó a empequeñecerse y cuando me retiré de la ventanilla no era más que un punto en aquel andén cada vez más lejano, cada vez más pequeño, hasta que desapareció de mi vista. Entonces me volví hacia el lugar donde la Amparo decía que no constantemente, hasta que dejó de decirlo con los ojos cerrados y la cabeza reposando en el rincón. Para entonces ya yo me había sentado junto a ella y cerrado también los ojos. No sé qué pensaría, pero yo pensé, y era la primera vez que lo hacía, que dejaba atrás mi pasado, que no volvería más y que aquello que me restaba, la persona de Amparo, quedaría en Orense para siempre, o, por lo menos, alejada de mí. Estos pensamientos me duraron mucho tiempo. Cuando abrí los ojos la Amparo seguía dormida o, al menos, eso parecía. En el banco de enfrente se había sentado una aldeana pulcra, vestida de negro, con una cesta en la que sacaban las cabezas al menos dos gallinas. El resto de la cesta venía ocupado por un mantón.

La Amparo despertó.

—Nos estamos acercando a Orense —le dije.

Y ella me respondió:

—Voy contigo hasta Monforte. Quiero que allí comamos juntos. Después vendrá la separación.

Supuse que había oído la conversación con mi padre y que había visto cómo me daba dos duros, dos monedas de plata, lo que se dice diez pesetas contantes y sonantes. En la cantidad se incluía un posible compromiso, y el compromiso era ella: se me ocurrió que mi padre la había visto y me había dado el dinero para convidarla. Pero me equivoqué: cuando quise pagar la comida de los dos ya ella se había adelantado.

—No seas tonto. El dinero que tienes te hará buena falta porque el lugar a donde vas es de los caros de España —me hizo una mueca cariñosa—. Yo no quiero que mi niño lo pase mal y tenga que echarse en brazos de una cualquiera que aparezca por ahí. Las mujeres son muy malas. Yo iré a verte de vez en cuando para dormir contigo y que no pases necesidad y te tengas que buscar una sustituta.

In mente busqué la rima. De todas maneras, pagué su billete de vuelta, su billete desde Monforte a Orense, y cuando la vi alejarse con su maletita liviana consideré que me había desprendido del pasado, pues no había creído una sola palabra de aquello de que iría de vez en cuando a dormir conmigo: Orense quedaba muy lejos y la Amparo era la Amparo.

Me acomodé en el tren que había de llevarme hasta León, donde otra vez tenía que cambiar, y entonces sí que di rienda suelta a mis esperanzas, que no pasaban de fantasías: me vi ante un telón que subía y bajaba y que, cada vez que subía, dejaba al descubierto a un público que, puesto en pie, aplaudía, me aplaudía a mí que era el autor de la obra recién estrenada. Las actrices y los actores saludaban conmigo a mi derecha y a mi izquierda y allá, lejos de mí pero de esta parte del teatro, estaba la muchacha a la que yo ofrecía aquel triunfo, la muchacha que yo quería y que me quería. Cosa curiosa, aquella muchacha aún no tenía rostro. Iba, en cambio, bien vestida, vestida como yo la había soñado alguna vez: zapatos como los míos, es decir, con la suela de crepé a la vista y unas medias escocesas más grises que las mías, del color que a mí me gustaban; no le puse unos pantalones porque entonces no los llevaban las mujeres, únicamente alguna actriz de cine, una sola que, a veces, salía en las revistas vestida de hombre, pero con traje entero, chaleco incluido, y a mí no me gustaban así, sino de pantalones. Sí, de pantalones, pero algo femenino más arriba, la chaqueta o la blusa. No hablo del sombrero porque yo entonces no admitía más que la boina, para ellos y para ellas.

Creo que me quedé dormido y que dormido pasé la parte más difícil del viaje. Hacía sol fuera, un sol fuerte al que yo no estaba acostumbrado. Cuando me desperté, porque el tren se había parado o algo así, vi una gran llanura y grupos de gallegos que bajaban a la siega; recuerdo hoces con pajas matándoles el filo y uno de aquellos gallegos al que le había crecido el bocio demasiado. Volví a dormirme porque el tren empezó a caminar y sólo desperté al final del trayecto: no sé por qué, pero allí el tren paraba de otra manera, de modo que el cuerpo se daba cuenta de que aquello había terminado. Descendí del vagón. Me metí en el bar cargado con mi maleta, tan pesada: no llevaba más que libros y papeles, y apenas ropa, la poca que me habían metido mi madre y mi hermana, la poca que yo tenía. Alguien uniformado me informó de que el tren ascendente traía bastante retraso, algo así como cuarenta y siete minutos, con esa precisión de los ferroviarios. Me quedaba tiempo para echar otro sueño. Pedí un café y antes de que me lo sirvieran me puse todo lo cómodo que se podía y cerré los ojos. Sentí venir al camarero, sentí el ruido que hacía al dejar lo pedido sobre la mesa de mármol, pero no abrí los ojos.

—Se le va a enfriar el café. Si quiere que le avise...

No creo que me hubiera dormido, pero sí que aquellas imágenes del estreno volvían a mi mente iguales a sí mismas, y lo mismo la muchacha, que seguía sin rostro, pero que ya no vestía igual, sino con traje académico: toga y muceta. El birrete lo llevaba en la mano: era un birrete de licenciado, no de doctor. El pompom colorado, igual que la muceta, y las manos se asían fuertemente al birrete, yo no sé por qué, porque aquello era un estreno teatral y no una fiesta fin de carrera. Sentí un estrépito fuera, de un tren que llegaba o que partía, y me levanté rápidamente, pero el camarero se acercó solícito y me detuvo.

—No es su tren todavía. Puede seguir durmiendo, pero antes tome el café, que se le va a enfriar. Ya le avisaré, no pase cuidado.

Me sonreía. Tenía un fuerte acento, acaso de la montaña. Veía en mí un paisano.

—Tome el café. Si quiere se lo caliento. Su tren aún va a tardar. Puede echar un sueñecito.

Entonces, sólo entonces, advertí que aquel hombre que me hablaba era más bajo que yo, pero más fuerte y un poco rubicundo. Le hice caso: dejé que se llevara el café y que me lo devolviera más caliente. Lo tomé, como él me aconsejaba, y cerré los ojos, pero no conseguí dormir ni recobrar las imágenes que me satisfacían: aquellas de un público que me aplaudía y de una muchacha, lo de menos es cómo fuera vestida, esperándome a mí. Tenía la mente en blanco: por ella entraban y salían trenes e imágenes de trenes, ruidos de trenes, pitidos de locomotoras que llegaban o marchaban. Y así una hora, yo creo que dos. A veces abría un párpado, con preferencia el derecho, y veía al camarero gallego cerca o lejos, más claro o más oscuro conforme iba cayendo la tarde.

Por fin se me acercó.

—Ése debe de ser su tren, el asturiano ascendente. Vaya al andén y pregunte. Yo le guardaré las cosas, vaya tranquilo.

Cuando volví y le pagué generosamente aquel café que me había recalentado, me dio las gracias con una sonrisa grande, de oreja a oreja, una sonrisa que quería decir muchas cosas, todas las que a mí se me ocurrieran. Pero no se me ocurrió ninguna y sólo vi la sonrisa, que me pareció exagerada.

—Adiós, señor. Que lleve buen viaje, señor.

Busqué un departamento que estuviera vacío y me acomodé en él junto a la ventanilla. Pero, antes de marchar el tren, vino un tío, mayor ya, vestido de oscuro, con una visera negra, que dijo «buenas tardes» y se acomodó junto a la portezuela, lo más lejos de mí posible. El tren echó a andar poquito a poco. Eso era al principio, luego incrementó la velocidad y las cosas pasaban delante de mis ojos con bastante rapidez. Al principio las identificaba, pero cuando fue cayendo la tarde, cuando fue sustituida por el crepúsculo, cada vez más oscuro, no identificaba ni los montes ni los árboles: sólo las luces arriba, encaramadas a un monte o allá abajo perdidas en el fondo de un valle. Así pasaron la tarde y el principio de la noche. Creo que me dormí. Cuando me desperté ya habíamos pasado las montañas, bajábamos por el valle y el tren empezó a pararse aquí y allá. Los nombres me eran familiares, no porque hubiera estado otras veces allí sino por haberlos leído. Mi compañero se había dormido también, pero seguramente iba hasta el final del viaje, porque se había tapado la cara con la visera y dormía plácidamente, haciendo algún ruido, eso es lo cierto. La visera le subía y le bajaba al compás del ronquido.

Cuando llegamos a mi destino puse cuidado en no despertarle. Pasé delante de él con mi pesada maleta y la boina puesta. Bajé a tiempo, el tren salió pitando y se perdió allá abajo. Me encontré solo en el andén de la estación desconocida de una ciudad desconocida que iba a ser la mía, que lo era ya a partir de aquel momento.

CAPÍTULO VII

EL TAXI NOS LLEVÓ, a la maleta y a mí, primero por una calle ancha y recta, a cuyo final había dos zonas verdes: una grande a la derecha y otra, más pequeña, triangular, a la izquierda. Después nos metimos en un laberinto de calles pequeñas y torcidas. Paró el taxi.

—Ya hemos llegado —me dijo el taxista. Yo le pagué lo que me pidió y me quedé con mi equipaje frente a una casa antigua cuyo portal relumbraba. Cargado con la maleta me metí en él y subí la escalera hasta llegar a un punto, a una puerta, mejor dicho, que decía «Pensión Amalia». Allí llamé y esperé. Me abrió una criada de buen ver, más bien rolliza; le pregunté si era allí la pensión Amalia y ella me respondió mirando al rótulo en que figuraba el nombre.

—Yo soy Fulano de tal —le dije.

—¡Ah, sí! —dijo ella. Me cogió la maleta—. Venga, sígame.

Me llevó a una habitación interior pero muy limpia, pequeña, con una ventana, más bien una puerta, que daba seguramente a un patio, no lo miré entonces, con una mesa de noche, un pequeño estante para libros y otra mesa o mesilla situada a los pies de la cama. También había un armario, que estaba vacío y tenía las puertas abiertas.

—Si usted es don Fulano de tal, ésta es la habitación que le tienen reservada. Puede dejar sus cosas donde quiera, y después venir a cenar. Yo me llamo Lola y soy una de las criadas. Mañana le haré la cama y le limpiaré todo esto. La maleta puede ponerla, vacía, encima del armario. Allí nadie la tocará.

Tenía un fuerte acento asturiano que yo oía por vez primera. Iba bien vestida para lo que decía ser y, por su cara y su robustez, parecía haber salido de la aldea el día anterior. Me acerqué a ella y quise darle algún dinero, pero lo rechazó.

—No. Todavía no. Ya hablaremos a fin de mes, si está contento de mí. Ya le dije: deje las cosas en su sitio y pase al comedor. Dentro de poco serviremos la cena. A los otros huéspedes ya los irá usted conociendo. Son pocos, todos los que caben, nada más que cuatro, con usted cinco. La señora no tiene más que cinco camas, y con usted está al completo. Gracias a Dios ya estamos todos. No se olvide: deje las cosas en su sitio y vaya al comedor. Vaya pronto, que la cena es de tomar caliente.

Dio la vuelta, dijo «Hasta luego» y salió. Cerró la puerta tras sí. Yo puse las cosas en su sitio, y no llené ni el armario ni el estante de libros, y eso que lo puse todo holgadamente. La habitación era pequeña, pero yo y mi equipaje éramos más chicos todavía.

Busqué el comedor y hallé un lugar bastante grande con una mesa redonda en lo que podía ser el centro. La lámpara alumbraba la mesa y dejaba el resto en penumbra. Aun así adiviné tres comensales. El cuarto no había llegado. El lugar del quinto, que era el mío, se hallaba señalado por una servilleta muy doblada y unos vasos puestos al revés. Deduje que se tomaba vino porque uno de los vasos era más pequeño que el otro. Me acerqué a mi sitio y saludé a la concurrencia.

—Buenas noches, señores. Yo soy Fulano de tal, y van a ser mis compañeros, si Dios no lo remedia y me hunde en la primera, o en cualquiera de las otras zanjas que he visto rodeando esta casa y a lo largo de la calle principal, por donde me ha traído el taxi, no porque yo se lo mandase.

Los otros tres comensales se pusieron de pie y me fueron dando la mano uno a uno.

—Yo soy Aniceto Fernández.

—¿Cómo está usted? Me llamo Bonifacio Pérez.

El tercero tardó un poco más en levantarse y en alargarme la mano. Era un tipo de cara inteligente, algo más gordo que los otros y mejor vestido. Quiero decir que los otros, Aniceto y Bonifacio, vestían de una manera vulgar, y el tercero, que dijo llamarse Luis Domínguez y ser corredor de libros, presentaba un aspecto más cercano al mío. Sentí inmediatamente que aquél iba a ser mi amigo y que entre los dos existían afinidades de las que Aniceto y Bonifacio quedaban excluidos.

El cuarto comensal hizo entonces su irrupción. Era más bien un vejete y llevaba en la mano un bastón en el que, sin embargo, no se apoyaba. Le saludé como a los demás y le dije mi nombre. Él, silenciosamente, se situó entre Luis Domínguez y yo, en el sitio que yo pretendía ocupar. Se volvió hacia mí: no la cabeza, como hubiera bastado, sino el cuerpo completo, incluido el bastón.

—Me llamo don Juan Esparza. Soy ingeniero jubilado, y el poco dinero que me dan me obliga a vivir en este tugurio y con estos caballeros. Usted parece mejor educado que ellos, parece de otra clase. ¿Cómo me dijo que se llamaba?

Había agrandado la concha de la oreja con la mano, escuchó mi nombre, repetido, el lugar de dónde venía, y dónde me disponía a trabajar.

—De eso ya nos ha enterado don Luis Domínguez, aquí presente. Lleva más de una semana dándonos la tabarra con usted: que si usted tal, que si usted cual. Por fortuna, ni el tal ni el cual comparecen y usted está por encima. Le felicito.

Luis Domínguez me invitó a tomar café a la tertulia que, según él, definía los gustos de la ciudad y que iba a la vanguardia de los del país. Me puso en autos de la locura de don Juan, a quien todos toleraban cualquier cosa que dijera, sobre todo si era para ponerse por encima. No sé si era por llamarse Esparza o porque lo de ingeniero jubilado le situaba sobre los demás, sobre el mancebo de botica Aniceto Fernández o sobre Bonifacio Pérez, que no pasaba de hortera.

—Habrá visto usted que me excluyo. Yo soy algo más que un vendedor de libros, soy un escritor que atraviesa un mal momento, de esos malos momentos que usted también llegará a conocer, porque es usted un escritor, no un gacetillero corriente; un hombre que hace versos, no las noticias que se obtienen en el hospital o en la casa de socorro: que si Fulano ingresó cadáver por haberse caído de un andamio o a Zutano lo hospitalizaron porque presentaba síntomas de pulmonía. Escribir noticias así es para usted como para mí la venta de libros: un modus vivendi como otro cualquiera, del que acabaremos saliendo como quien sale de una cárcel o de un tugurio; usted, no sé; yo, muy pronto, dentro de un mes, dentro de dos lo más tarde.

Los amigos de Domínguez se sentaban cerca del trío, una pianista, un violinista y un violoncelista, que tocaba música rusa, la que estaba de moda, como mi hermana Flor al piano:

En las Estepas del Asia Central, para trío en un caso, para piano en otro, con arreglos hechos por aficionados para aquellos oyentes que aumentaban así su escasa erudición musical: la Sexta de Beethoven, el Concierto número veinticuatro para piano y orquesta de Mozart, algún pasodoble afamado, algún fragmento de la *Suite Española*: «Cádiz», «Málaga», «Granada», y poco más. El trío lo tocaba todo, lo tocaba bien. La pianista y el violoncelista eran buenos; el violinista no tanto, pero daba su nombre al trío y venía precedido de buena reputación. Yo había oído su nombre, sin haberle escuchado nunca. Parece que pertenecía a la Orquesta Nacional.

Domínguez me presentó a los contertulios. Me presentó como un joven avispado que venía a hacer sus primeras armas en un periódico de provincias pero que, indudablemente, apuntaba más allá. Roberto Franco, Rafael Mendizábal, José Loriga, José Antonio Ozores: éstos eran los contertulios y me los presentó uno a uno; alguno de ellos era poeta, pero no recuerdo cuál. Al camarero le llamaban *Calles*, y era un tipo con un vientre regular que apenas le cubría el chaleco del uniforme. Tenía, seguramente, un nombre, pero lo habían olvidado. Calles para arriba, Calles para abajo. Calles, tráigale un café a este caballero. ¿Cómo lo va usted a tomar? Lo ha pedido negro, que aquí se dice solo. Me explicaron, no recuerdo quién, que a aquel hombre le llamaban *Calles* por el revolucionario mexicano, al que se refería con frecuencia: «Ya verá usted cuando tengamos aquí un Calles. ¡La revolución que se arma! Las cosas estarán para arriba y para abajo, quiero decir las que ahora están abajo se pondrán para arriba, y yo me sentaré en esa mesa, y en vez de servirles, pediré café y copa, que es lo que ustedes no piden: sólo café o sólo copa, pero no café y copa, como Dios manda, que será lo que yo pida cuando ustedes estén de camareros y yo me siente ahí donde ustedes están. Las cosas que están arriba, estarán abajo, y viceversa. La viceversa quiere decir que lo que está abajo se pondrá arriba, ni más ni menos, ya lo han oído. Eso es lo que hizo Calles en México y eso es lo que hará aquí el que venga en su lugar, que no seré yo, pero será alguien que piensa como yo, ya lo dije y ustedes bien que lo oyeron, ustedes y los demás.»

El llamado *Calles* me trajo el café pedido: negro, según mi lenguaje; solo, según el lenguaje de los demás. El trío comenzó a tocar una cosa de Borodín, y todos se callaron, todos se sumieron en el interior de sí mismos, escuchándose a sí mismos, no a la música del trío. Calles se había arrimado a una columna y había cerrado los ojos. Era, seguramente, lo que hacían todos, lo que hacían los demás. No creo que lo que cada cual escuchaba tuviese que ver con la música de Borodín. La música de Borodín fue aplaudida por unos caballeros y unas damas que se sentaban al otro lado, junto a un ventanal. Los amigos de Domínguez se aplaudieron a sí mismos, es decir, lo que cada uno había escuchado de sí mismo. Yo me había sentado con las manos en los bolsillos; no las saqué. El violoncelista me miró de reojo y vio que no aplaudía; comentó algo con el violinista, que me miró también. Únicamente la pianista no me había mirado ni había comentado mi falta de entusiasmo: era una mujer delgada, de rostro un poco borroso, pero guapa. Me hubiera gustado ser mirado por aquella mujer de rostro borroso, pero guapa, que tocaba bien el piano y que no me había hecho caso cuando nos presentaron. Yo pensé que porque era demasiado joven. Ella tendría treinta años, quizá menos: veintiocho o así. Era guapa, pero, ¿cómo lo diré?, de rostro un poco borroso. Ahora mismo no me acuerdo de cómo era, pero sí de que era guapa.

Se sentaron con nosotros los tres, ella en el medio. No sé por qué, pero Domínguez orientó la conversación hacia mí. Creo que me hizo una pregunta. Todos me hicieron preguntas: que de dónde venía, que cuáles eran mis gustos, que si conocía o dejaba de conocer a Fulano y a Zutano; Fulano y Zutano eran, naturalmente, dos poetas franceses contemporáneos que yo no conocía pero que estaba dispuesto a conocer en seguida si alguno de ellos los ponía a mis alcances, bien recitándomelos, bien prestándome sus libros, que ellos no tenían, vaya por Dios, ni tampoco los sabían de memoria como para recitarlos. De modo que lo mejor era que yo me hiciese socio del Ateneo, de lo que no había tenido tiempo porque había llegado aquella noche misma, pero que debía hacer en seguida. Hacerse socio del Ateneo era muy urgente y muy importante, más que comer, desde luego.

Domínguez me echó una mano y me sacó de aquel barullo con el pretexto de que en el periódico debían de saber que ya había llegado, y, como estaba al cabo de la calle, él me acompañaría y me esperaría fuera: que yo saludase al director y me diese a conocer a los que iban a ser mis compañeros. Pero, mientras me acompañaba, insistió en que debía hacerme socio del Ateneo y conocer cuanto antes a los poetas franceses que los otros, sus amigos, habían citado; aprovechó la ocasión para decirme que mis gustos literarios estaban un poco anticuados y que lo que se llevaba ahora eran las Vanguardias, sobre todo el Superrealismo, llamado también, a la francesa, Surrealismo.

El periódico en el cual yo iba a trabajar, por lo que pude ver aquella noche, constaba de una habitación muy grande, algo así como la mitad del edificio. La otra mitad debían de ser las oficinas de la administración, por lo que pude colegir a mi paso por ellas. Estaban a oscuras y calladas. La otra mitad, donde yo entré solo, pero como Perico por su casa, sin que nadie me preguntase adónde iba, era la redacción: había varias mesas, hasta seis, puestas en orden: dos, dos y dos, y detrás de cada una un tío muy atareado a juzgar por el poco caso que me hicieron. A uno de ellos pregunté por el despacho del director. Con un movimiento de cabeza, con un gesto de la barbilla, me señaló una de las mesas y siguió trabajando, creo que corrigiendo unas pruebas. La mesa que me había señalado se distinguía de las demás en que era un buró a la americana. Detrás se parapetaba uno de los tíos, más joven y con cara más inteligente que los demás. A él me dirigí: después de saludarlo, le dije quién era y a lo que iba. Él dejó de leer lo que estaba leyendo, me miró con franca simpatía y me tendió la mano.

—Sea usted bienvenido y muchas gracias por haberlo hecho esta noche. No le esperaba hasta mañana. Mañana por la tarde, ¿sabe usted? Mañana por la tarde, a eso de las seis: es cuando abrimos aquí y cuando le presentaré a sus compañeros. Ahora, váyase: no sea el diablo que cualquiera de éstos le cargue con su mochuelo. Esta noche la tiene para usted. Mañana ya hablaremos. Ahora, váyase, váyase, sin meter ruido y sin decir quién es y a lo que vino. Mañana hablaremos.

Me tendió otra vez la mano y me miró con cierta simpatía, que yo le agradecí: aquella mirada quería decir, o al menos así lo imaginé, que le recordaba a alguien, quizá a algún pariente. A todo el mundo que me miraba con simpatía le recordaba a algún pariente y, una de dos: o todo el mundo tenía parientes semejantes o yo era el más vulgar y repetido de los hombres. Me inclinaba por esta última solución mientras bajaba la escalera de aquella casa que iba a ser la mía, la casa donde yo iba a trabajar. Domínguez me esperaba: había fumado algún cigarrillo y olía fuertemente a tabaco, aquel tabaco rubio que fumaba. Le dije que ya había terminado, me dijo que había vuelto muy pronto, y juntos volvimos al café. Por el camino le pregunté qué era aquello de las Vanguardias, y él, antes de responderme, sonrió complacido: se ve que estaba esperando, o al menos deseando, que yo le hiciera la pregunta. Me respondió ampliamente. Me respondió con una larga lección de sociología artística y literaria. Se paraba en todas las esquinas, y cuando llegamos al café ya lo habían cerrado. Domínguez no le dio importancia. Seguimos hasta nuestra casa: él peroraba, yo le escuchaba. En el portal hicimos otra larga parada, pero esta vez ya no se trataba de las Vanguardias europeas, sino de la española, de la cual Domínguez era el personaje más importante, pues reunía en su persona no sólo el talento del prosista, sino también el talante del poeta.

—Ahora estoy en un mal momento. Me ha conocido usted en un mal momento, pero deje que pasen unas semanas, quizá unos meses. Entonces verá usted...

No dijo más. Batió las manos abiertas, vino el sereno y nos abrió. Domínguez encendió una cerilla, quizá un mechero. Me dijo que fuera por delante y yo vi cómo mi sombra, moviéndose, subía por las paredes del hueco de la escalera hasta pararse delante de una puerta que yo ya conocía y donde figuraba el nombre de la pensión. Domínguez abrió y me mandó pasar. La puerta daba a un pasillo levemente iluminado.

CAPÍTULO VIII

DARME DE ALTA como socio en el Ateneo no fue
tarea difícil y la llevé a cabo al día siguiente, al
mediodía. Antes me había venido a ver la dueña de la pensión, la llamada Amalia, viuda de
Santiago. Era otra mujerona: tendría cuarenta
años, o quizá cincuenta bien conservados, era
atractiva todavía y lo sería por mucho tiempo,
creo yo, a juzgar por lo terso de su piel y lo brillante, lo intacto de su dentadura. Vino a verme
después del desayuno, cuando yo me disponía
a marchar al Ateneo. Vino a verme para darse a
conocer y para decirme que no tenía que preo-
cuparme del gasto, que eso ya lo arreglaba ella
directamente con la esposa del director del periódico, que era su amiga. La dueña de la pensión, la llamada Amalia, venía sutilmente per-
fumada: olía bien, pero no olía fuerte, y el olor
que exhalaba lo mismo podía ser de un perfu-
me que del frescor de su piel.

Conocí el Ateneo. Era un lugar agradable donde la gente leía y ponía los pies donde podía. No tuve tanta suerte con Fulano (Claudel) y Zutano (Cocteau): éste no figuraba en el catálogo; aquél sí, pero sólo con una pieza, *L'Otage*, que no me servía para nada porque era una pieza teatral. De todas maneras, apunté el número, por si acaso, y me puse a curiosear. Eché un vistazo a los periódicos del día. Me detuve más, como era lógico, en aquel donde yo iba a trabajar. Miré también los de Madrid, que acababan de llegar: traían lo de siempre, que si patatín, que si patatán, y un discurso completo de un diputado, o como se llamasen entonces, que no lo recuerdo. El discurso era una hermosa pieza retórica: no decía nada, pero usaba, eso sí, las más bellas palabras. Daba gusto leerlo, aun a sabiendas de su vacuidad. El discurso lo repetían los tres diarios de la mañana; es de suponer que también vendría en los de la tarde.

Domínguez me esperaba paseando. Di pronto con él. Le dije de dónde venía y que no había encontrado nada que me sirviese de Fulano y de Zutano. Entonces, él se echó a reír y me dijo:

—No tenía usted que haber hecho caso a lo que le dijeron aquellos de anoche: son de lo más distinguido de esta intelectualidad, pero le puedo asegurar que ninguno de ellos ha leído los autores que han citado, Fulano y Zutano principalmente. Quizá haya sido a mí a quien oyeron esos nombres, quizá haya sido a otro, pero le puedo asegurar que no los han leído por la sencilla razón de que ninguno de los cuatro lee el francés. Usted lo lee, ¿verdad?

—Y lo hablo —le respondí.

—Pues no lo diga usted a nadie. Que no lo sepa nadie, sobre todo en el periódico donde va usted a trabajar: le cargarían con todas las tareas de traducción, y si viene por aquí cualquier franchute tendrá usted que acompañarlo, emborracharse con él e ir de putas, cosa que no le recomiendo, lo de emborracharse, porque aquí es difícil beber el vino tinto que se bebe en otras partes. Aquí todo el mundo va a la sidra, que es lo más rico y lo más barato, pero la borrachera de sidra no es buena. En cuanto a lo otro, además de feas, están enfermas, y si quiere usted agarrarse una mierda para toda la vida, no tiene usted más que ir con una de ellas. Hágame caso. Aquí no viene más que lo que sobra en Santander y en Gijón, dos puertos de mar que saben lo que hacen: echan para aquí lo que les sobra, lo que no les sirve, y aquí el género nos lo dejan peor los mineros, que tienen más dinero que nosotros. Hágame caso y, por todo lo que le dije, calle lo del francés, pero no deje usted de cultivarlo, de leer lo que pueda, sobre todo si son novelas o poemas. Esos de ayer, que a usted le recomendaron a Fulano y a Zutano, son discípulos de Valéry, pero de segunda o de tercera mano a través de sus imitadores españoles. Escúchelos, pero no les haga caso. Y digo lo de escucharlos porque le conviene ser su amigo: ellos mandan bastante y si piensa matricularse en la universidad como dijo ayer en la mesa, uno de ellos le servirá, porque trabaja, o al menos cobra, en una de esas oficinas, del rectorado creo que la llaman, pero no me haga usted mucho caso. Usted sabrá de eso más que yo.

Empezaba a lloviznar, una lluvia caliente que vació el paseo. Nos metimos en el café, pero a mitad del camino Domínguez me cogió de un brazo.

—Espere. Vamos aquí detrás, donde hay un chigre muy bueno que tiene buena sidra. Tomarse una botella tiene sus ritos: yo se los enseñaré. El dueño del chigre tiene una hija muy bonita. Las manos, feas, pero son lo único feo de esa criatura de Dios. Ella nos servirá, seguramente.

A las seis y cinco en punto entré en el periódico. El director me trató con especial simpatía y me presentó a los que iban a ser mis colegas; se detuvo especialmente en el que estaba más cerca de él y tenía una mesa más amplia que las de los demás: era también mayor, llevaba barba gris muy corta y recortada y unas gafas de corto de vista, todo lo cual le hacía parecerse a mucha gente. Bien me creí que me destinaban a su mesa, porque en ella había mucho espacio; pero aquí me equivoqué, porque mi mesa fue la última de todas, la que estaba cerca de la puerta de entrada, y había de compartirla con el último llegado al periódico: uno que venía de Cuba y que me dijo, nada más tenerme a sus alcances, que tenía treinta años, que había trabajado en el *Diario de la Marina*, y que era mejor periodista que todos los demás, pero aún no había tenido ocasión de demostrarlo porque llevaba poco tiempo en el periódico. Me tomó bajo su protección y me dijo por lo bajo que él me ayudaría si, de pronto, no sabía hacer bien lo que me mandaba el director. Pero éste me puso las cosas fáciles: me encargó de la sección de «Sucesos», que consistía poco más o menos en pasarme todas las tardes por la casa de socorro, por la comisaría y por el hospital, ver lo que había ocurrido por allí y escribirlo antes de la cena, porque la sección de «Sucesos» entraba temprano en la imprenta, antes, por supuesto, que la información de Madrid, que llegaba después de las diez. Disponía, pues, de una hora para cenar. Fui a mi casa corriendo y me encontré con que servía a la mesa otra criada, que se dirigió a mí y dijo llamarse Andrea; gallega como yo, aunque de otra provincia. Era una mujerona fuerte y alta, muy joven, que conservaba el acento de origen, algo dulcificado ya por el asturiano. Domínguez pegó la hebra conmigo y quiso seguirme hasta el periódico, pero le dije que entraba a las diez, que estaba muy apresurado y que por ser el primer día no deseaba llegar tarde. Corrí, más que recorrí, la distancia que separaba mi casa del periódico, pero al entrar en la redacción la encontré vacía y poco iluminada. De todas maneras me senté en el lugar que me habían asignado y, por hacer algo, encendí un cigarrillo. Ya lo había tirado cuando apareció Menéndez:

—¿Que hace usted aquí?

Le respondí que pasaba de las diez y que a esa hora entraba en mi trabajo, pero se rió y me dijo que podía marcharme y no volver hasta pasadas las doce, que el trabajo de recoger las noticias de Madrid se hacía por turno y que a mí me tocaría... Hizo una pausa y echó la cuenta.

—...le tocará a usted el martes de la semana que viene. Ese día sí que tiene que estar usted a las diez en punto, y aun antes, unos minutos antes. A esa hora suena el teléfono que está en aquella cabina —y me señaló una que yo no había visto todavía—, y tendrá usted que tomar las noticias que le dicten desde Madrid y repartirlas por estas mesas.

—¿Y cómo voy a saber a quién le corresponde esta noticia y a quién esta otra?

—Ya irá usted aprendiendo. Tiene usted más de una semana: yo no dispuse de tanto tiempo y ya ve cómo aprendí. Ahora puede usted irse al café y no se olvide de salir a las doce en punto. A las doce y pico empieza el trabajo de todos. Y ahora discúlpeme: tengo una especie de cita.

Había comenzado a sonar el timbre de un teléfono dentro de la cabina. Menéndez se metió en ella y yo me fui al café: estaban los mismos de la noche anterior. Domínguez ya había llegado. Se hablaba de poesía: bien de la poesía, mal de los poetas. Pedí a Calles mi café y me dediqué a escucharlos: al fin y al cabo, todos eran mayores que yo, tendrían de treinta a cuarenta años y hablaban de gente que yo desconocía.

—¿Sabe usted que García Lorca va a reunir en un volumen esas cositas que viene publicando aquí y allá, y que no hay nadie que las lea? Lo he visto anunciado no sé dónde y creo que va a llamarse *Romancero gitano*. No venderá más ejemplares que los que yo le coloque por aquí, por el norte. El libro tendrá buena prensa. —Domínguez me miró significativamente—. Espero colocar diez o doce, ya habrá alguien que nos preste el suyo para que podamos leerlo y reírnos convenientemente, pero no demasiado, porque el horno no está para bollos y la Poesía Nueva no está para risas. Ya hablaremos en su momento, y verán ustedes el libro... si es que lo recibo, que, a lo mejor, se vende la edición antes de llegar a mí. ¡Ríanse, ríanse! Pero no olviden lo que acabo de decirles: es posible que los primeros ejemplares que yo reciba pertenezcan ya a la segunda edición.

El trío había comenzado a tocar la primera pieza de aquella noche: no sé qué cosa de Schubert, quizá un *Momento musical*, pero no el tan conocido y tan tarareado por los clientes de los cafés provincianos, aquellos donde aterrizaba un trío o un dueto de dos muchachas, piano y violín.

Llegué a la redacción dadas las doce, acabadas de dar. Estaban ya dos o tres de mis nuevos compañeros, entre ellos el redactor-jefe, y sobre mi mesa las noticias a mi cargo: uno que había matado a su novia en Huelva y tres cacos que desvalijaran un piso en Barcelona. El asesino se había entregado a la Guardia Civil y a los cacos los habían cogido casi in fraganti. Agarré una máquina. La primera noticia, la del novio que mató a la novia, la despaché en siete líneas; a la de los cacos catalanes le concedí un poco más porque me divertía la noticia y porque eran tres los protagonistas, Melchor, Gaspar y Baltasar, tres eran tres las hijas de Elena, tres eran tres y ninguna era buena. Lo despaché en once líneas y el redactor-jefe, al leerlas, me preguntó si yo era novelista, o al menos cuentista, pues sabía sacar mucho partido a una noticia sosa como aquélla. También me preguntó por qué concedía más atención al robo que al asesinato: yo le respondí que no lo sabía, que me había salido así y que si me hacía pensar el tratamiento que había que dar a cada noticia, lo más probable es que me saliera mal. En esto llegó el director; el redactor-jefe se fue tras él y allá quedaron cuchicheando, mientras yo me iba a mi mesa, a la que ya había llegado el cubano, que se llamaba Carlos y que aún conservaba algo del ceceo de la isla. Me ofreció un pitillo: era de buena calidad, y nos pusimos a fumar juntos hasta que a él le llamaron. Me llegó el turno a mí, me llamaron por mi nombre y yo acudí corriendo: resultó que mis once líneas dedicadas a los cacos de Barcelona eran demasiado literarias, pero que todo se arreglaba con una supresión de adjetivos. El director tenía razón, y yo, entonces, sólo entonces, comprendí la diferencia que había entre Literatura y Periodismo. Taché los adjetivos y releí mi página: la encontré distinta, como escrita por otra mano, como escrita por nadie. Así se la devolví al director, el cual le echó un vistazo, me dijo «así está mejor» y dobló mis cuartillas. Yo me reintegré a mi mesa y seguí fumando un pitillo tras otro, primero de los de Carlos, después de los míos, que no eran tan buenos pero se dejaban fumar. De este modo pasé un par de horas: fumando o mano sobre mano. El director no me hizo ningún caso ni tampoco mis compañeros, salvo Carlos, que de vez en cuando me ofrecía un pitillo de los suyos. A eso de las dos subió alguien de los talleres, un tío vestido de mono azul, a decir que se iba a cerrar el periódico y que preparasen los últimos originales. Se armó entonces una verdadera barahúnda, y hasta el propio Carlos perdió su calma habitual. Todo era ir y venir, subir y bajar, y yo sentado en mi silla, fumando pitillos, tan campante. Hasta que de pronto todo aquello cesó, el director nos dijo «¡Hasta mañana, señores!», se puso el sombrero y salió. Detrás de él, el redactor-jefe, más pausado, con su bastón en la mano; también dijo «¡Hasta mañana, señores!», se puso el sombrero y marchó. Fue entonces cuando Carlos se dirigió a mí y me dijo en voz baja:

—Tú, vente conmigo y haz lo que yo haga.

Llovía un poco, una lluvia fina que apenas

nos mojaba, y la calle estaba vacía. Todavía se veían a lo lejos las siluetas del director y del redactor-jefe, cada uno por su acera y distantes uno del otro. El director había abierto un paraguas que no sé de dónde procedía: quizá del paragüero instalado junto a la puerta de entrada. Carlos me dijo en voz muy baja:

—No te asustes por la lluvia. Vamos aquí cerca.

Me cogió del brazo y me hizo apurar el paso. Así llegamos en seguida a un chigre, lleno de gente a aquellas horas. La mayor parte eran caras conocidas: mis compañeros de redacción, que habían llegado antes que nosotros; la otra mitad eran desconocidos, pero sólo para mí. Saludaron a Carlos, algunos por su nombre .

—¡Hola, Carlos!

Carlos pidió una botella de sidra con dos vasos, yo entonces puse cn práctica mi aprendizaje de aquella mañana con Domínguez: cuando Carlos me iba a enseñar cómo se servía la sidra, yo había cogido ya la botella y me ponía un culín. Nos pusieron los bígaros en un plato y los alfileres de cabeza negra pinchados en su papel. Aprendí a usarlos con sólo mirar a los demás, mientras Carlos me explicaba que aquellos otros pertenecían a la redacción del diario rival, y que la única diferencia entre los dos es que uno defendía la Dictadura y el otro se callaba: los callados éramos nosotros. Aquello duró poco tiempo: comenzaron las despedidas porque tal dijo que le esperaba la mujer, y cual porque su madre no se acostaba hasta que lo dejaba a él en la cama y medio dormido. Así sucesivamente hasta que me llegó el turno y me marché también, yo solo, por la calle solitaria, donde el agua seguía cayendo, caliente y fina. Llegué a mi pensión un poquitín mojado. Mientras ponía mi ropa a secar sentí una especie de roce de alguien que se paraba frente a mi puerta y que llevaba faldas; pero el roce se alejó y yo me metí en la cama después de haberme puesto uno de aquellos pijamas horribles de tela comprada por mi madre y confeccionados primorosamente, aunque a mano, por mi hermana Flor. Pronto quedé dormido.

A la hora de comer noté que la criada que servía me ponía más cantidad que a los otros comensales. Le di las gracias en mi corazón por su buena voluntad, pero no me fijé en ella. Todavía hoy ignoro si fue la asturiana o la gallega, la que se llamaba Lola o la que se llamaba Andrea, ambas fuertes, rollizas y atractivas.

CAPÍTULO IX

CONSUMÍ LA MAÑANA en agenciarme las fotografías y las firmas que iban a acreditarme como compañero de mis compañeros y redactor de aquel periódico que era el más antiguo de la región, aunque igual a los demás: no se distinguían unos de otros más que por jalear lo que hacía la Dictadura o callarlo.

Por lo demás, el día transcurrió como el anterior: comí y bebí lo que me pusieron delante, hice mi primera visita a los lugares de los que debía obtener mi información y antes de las nueve ya tenía el director unas cuartillas sin ninguna literatura, lo más periodísticas posible: si la literatura consistía en los adjetivos, yo me había guardado unos cuantos, seis o siete, en aras de mi nueva profesión. Pero aquellos adjetivos guardados en el recuerdo y pronto olvidados exigían sustantivos, por lo menos cada uno un sustantivo. Me dije a mí mismo que te-

84

nía que proponerle al director la publicación de un artículo literario donde diese salida oportuna a aquellos adjetivos que, aun olvidados, me pesaban en la conciencia. Yo no sé, aunque lo haya sabido después, si tales adjetivos eran o no de vanguardia, si serían o no aprobados por la férula de Luis Domínguez, ante quien me quitaba la gorra como ante mi nuevo maestro en literatura. ¡Y yo que me creía, en ese terreno, al cabo de la calle! Resulta que estaba anticuado por lo menos en veinte años; que ignoraba lo que había pasado por el mundo en tanto tiempo. Aquello de que me venía hablando Domínguez, él solo, en medio de la calle y de la lluvia nocturna, era la última realidad, todo lo que yo, muchacho de provincias, ignoraba. Los de la peña del café sabían más que yo, estaban mejor informados. Aquellas noches se habló, se conjeturó más bien acerca del último libro de un tal García Lorca que yo desconocía y que para ellos era pan comido, a juzgar por cómo hablaban del libro, aun sin haberlo leído. Uno de ellos lo defendía, no sé si Ozores o el propio Domínguez, el primero que había hablado de él.

—No tenéis que juzgar la poesía del sur con el mismo criterio que la del norte. A la poesía del norte le pedimos pensamiento donde a la del sur le pedimos gracia. Fijaos bien en lo que os digo: gracia. No os lo podría definir porque es indefinible. ¿Qué diríais vosotros si en uno de mis poemas pusiera:

En la noche platinoche,
noche que noche nochera.

—Diríamos que te habías vuelto loco —respondió Mendizábal—. La poesía es una cosa seria que no admite esas diversiones fáciles.

—Quieres decir la mía. Puestas en uno de mis poemas, esas palabras serían, efectivamente, una diversión fácil. Pero en un poeta andaluz es distinto: el poeta andaluz no está, como nosotros, atado a lo que hay que decir, al pensamiento. Juega en libertad con las palabras, cosa que nosotros no podemos y no sabemos hacer. Pero ellos también saben echar mano del pensamiento. Recordad aquello de Góngora:

En tierra, en polvo, en humo, en sombra,
en nada.

»También los poetas andaluces saben jugar con el pensamiento, no sólo con las palabras. He citado a Góngora como el más eminente de todos ellos, el que ha sabido hacer una cosa y otra.

El libro no había aparecido todavía. Domínguez anunció una noche que la primera edición se había vendido sola y que él traería un ejemplar, no sabía si de la segunda o si alguien le mandaría alguno perdido de la primera, que valía muy barato, no llegaba a un duro.

No sé si fue aquella noche, cuando hablamos de García Lorca, o alguna de las siguientes, la cuarta o la quinta de encontrarme allí, más bien la quinta: aquel frufrú de faldas que se acercaban y se alejaban se detuvo por fin un largo rato que yo pasé alargando la oreja, hasta que al fin se levantó el picaporte o la falleba de mi puerta, no sé bien si picaporte o falleba, al cabo da igual. Se levantó, se abrió la puerta, alguien entró y cerró tras sí. En mi habitación había una persona más que decía «chist» y «sobre todo no enciendas la luz» en voz muy baja, pero que yo podía oírlo, voz que lo mismo podía ser de un hombre, de una mujer, de un niño. En todo caso era un bulto lo que había entrado, un bulto que se acercaba a mí y que decía, repitiéndose, «sobre todo no enciendas, no quiero que sepas quién soy». Y se acercaba cada vez más, hasta tener casi encima aquella cara que hablaba en voz baja, cuyos cabellos me rozaban la mía y que, sin embargo, ni por la voz ni por los cabellos podía identificar. Se metió en mi cama y entonces me di cuenta de que vestía un camisón y llevaba envuelto el torso en un mantón no sé si leve o pesado, no sé si de verano o de invierno. Un mantón que dejó caer, yo lo sentí, sobre la alfombrilla, pero que no alcancé a tocar. Le pregunté quién era y me respondió con la misma voz irreconocible que no me importaba, que daba lo mismo, que lo mismo podía ser Andrea que Amalia que Lola, cualquiera de las tres, una entre ellas, quién fuera daba igual. Que si quería, con darle una patada estaba todo listo. Pero yo no le di la patada. Yo la acerqué más a mí, y mi mano buscó cerciorarse de si era Andrea, Lola o Amalia. Mi mano fue torpe en aquella ocasión, como en muchas más; mi mano no me trajo noticias de quién era aquella mujer que estaba a mi lado, que se remangaba el camisón y que probablemente sería mía al minuto siguiente, o antes si había peligro de muerte. Lo hubo, sin duda, a juzgar por la prisa que me di. Sólo entonces vino la conversación, pero aquel demonio debía de conocer sus particularidades lingüísticas, pues no incurrió en ninguna de ellas, ni los regionalismos de Lola ni el recuerdo de acento gallego de Andrea ni la adustez de Amalia. Como mi mano tampoco me decía nada, nada de lo que pudiera estar seguro, me entregué a la suerte y acepté el hecho de que aquella mujer, una entre tres, fuera las tres al mismo tiempo. Me porté bien, me porté por encima de mis fuerzas. Quería que aquella mujer, fuese quien fuese, quedase contenta de mí, y así debió de ser a juzgar por el beso que me dio al marcharse con el mismo sigilo, con las mismas precauciones con que había llegado. La sentí alejarse. Yo estaba cansado y me dormí en seguida. Dormí hasta muy tarde. Me despertó Andrea, que me traía el desayuno: un tazón de café con leche y una buena rebanada de pan tierno en una bandeja de peltre.

—¡Vamos, arriba! ¡Es muy tarde y tengo que arreglar el cuarto! ¡El señorito es un buen dormilón o está muy mal acostumbrado! ¿Quiere que le traiga el desayuno a la cama? ¡Pues sanseacabó! Es el primer día y es el último. El señorito tendrá que ir a la mesa a la hora fijada, o un poco más tarde, eso sí, por algo se acuesta después que los demás, pero a desayunar al comedor como todos, antes que den las doce. Las doce ya dieron, ¿sabe? Las doce ya dieron hace rato, hace bastante rato. Y yo tengo que tener este cuarto listo antes de la una.

Y como yo hiciera ademán de saltar de la cama, añadió:

—Por hoy, en la cama, pero nada más que hoy. Volveré dentro de un rato.

Se marchó. La bandeja con el desayuno quedaba a los pies de mi cama.

Me levanté. No, no era ella, no podía ser, no sé por qué. Pero mis indagaciones mentales daban vuelta al hecho de que Andrea había tropezado en mis zapatos y la visitante nocturna los había esquivado dándoles un rodeo. Yo lo había advertido, no sé cómo, no sé cuándo, pero lo había advertido, y se levantaba delante de mí como el argumento más serio de que Andrea no había sido. Entonces había sido Lola, y me dediqué a observarla durante la comida. Pero la muy zorrita se portó como siempre, hasta el punto de hacerme pensar otra vez en Andrea, a pesar de todos los argumentos en contra. De que había sido Andrea y no Lola salí convencido en compañía de Domínguez, camino del café, donde no se discutía si había sido Lola o

Andrea, sino quién era el mayor poeta, o sea, el menos malo, de la generación: si el de Granada, o los de Sevilla, o el de Gijón, o los muchos, tres o cuatro, que vivían en Madrid, si bien alguno de estos últimos siguiera siendo andaluz y hablase con ceceo de Cádiz en medio de la plaza de la Cibeles.

Yo no sabía, yo había oído por primera vez los nombres del de Málaga, de los de Sevilla y del de Gijón, y no digamos de los de Madrid, tres o cuatro, más bien cuatro. Pero lo que realmente me importaba por debajo de aquella catarata de nombres que oía por primera vez era si quien había pasado la noche conmigo era Lola o Andrea, no toda la noche, un pedazo de la noche, quizá un ratito nada más; pero ¿quién en esos momentos está capacitado para medir el tiempo que pasa? ¿Estuvo conmigo dos horas, una hora, media hora? No, media hora no. En media hora no habría podido reponerme, recobrar fuerzas. Tuvo que ser más de una hora, quizá dos horas, ¡vaya usted a saber! Una hora es poco tiempo; pero dos horas son mucho. Desde las tantas hasta las cuantas y un poco más. El poco más es lo que va desde que me dio el beso de despedida hasta que perdí el oído de sus pisadas que se alejaban rápidas; ¿hacia dónde?, es lo que no pude saber. Cuando salí de la casa de socorro pesaba la candidatura de Andrea, pero al salir del hospital pesaba la de Lola. Una y otra habían desaparecido al salir de la comisaría. ¿Para llenar aquel vacío con el nombre de Amalia? No me atrevía. El vacío quedó así. Sólo después de la cena me atreví a pensar en Amalia, quizá porque la hubiese visto, quizá porque me hubiese gustado, un poco nada más, pero lo suficiente. Seguí a Domínguez de una manera mecánica, le escuché en el café hablar bien de éste, mal del de más allá. Cuando me fui al periódico, el vacío se había llenado, no con uno, con tres nombres que giraban rápidamente en mi recuerdo y, de pronto, se fueron: dejaron el vacío que fue poco a poco llenándose de la esperanza. La visita al chigre en compañía de Carlos me pareció una pérdida de tiempo. Salí en cuanto pude, corrí por la calle vacía, ancha y vacía a aquellas horas, me metí en el dédalo de callejas y me hallé, casi sin aliento, frente a mi puerta. Llamé al sereno, le di su perra gorda. Subí de dos en dos los escalones hasta llegar a la puerta en que decía «Pensión Amalia». Lo busqué, pero tardé tiempo en encontrar el ojo de la cerradura e introducir la llave. Mis manos no atinaban, mis manos no obedecían a mi mente; mi mente estaba fría, pero mis manos... ¡Ah mis manos! ¡Quién las aquietase! Ella me dijo: «¿Qué les pasa hoy a tus manos? No se están quietas, van por donde no deben ir, buscan lo que no deben buscar.» Y sujetaba las mías con las suyas, no las dejaba subir, buscar y traerme aquella certeza detrás de la que andaba, aquella certeza que no llegó nunca porque ella, fuese quien fuese, no las dejó subir ni aquella ni otras noches:

las suyas tenían más fuerza que las mías; decían silenciosamente: «de ahí no pasas», y de ahí no pasé, pues mis manos sólo subieron hasta donde las dejaron las de ella, que eran muy fuertes, como lo eran las de Lola, las de Andrea, las de Amalia. Todas tenían las manos fuertes y un poco ásperas: no sé si de fregar o de limpiar, o de servir a la mesa. No sé. Yo de eso no entiendo. Pero eran fuertes y ásperas las manos que se oponían a las mías, como eran las de Lola, las de Andrea, las de Amalia.

CAPÍTULO X

EL TELEGRAMA de la Amparo llegó al periódico y decía simplemente la hora en que el tren entraba en la estación. Me dieron el telegrama a las seis de la tarde; en poco tiempo recorrí los lugares donde tenía que hacer ciertas preguntas. Poco antes de la llegada del tren, el director tenía sobre su mesa y ante sí las cuartillas donde se decía quién se había caído de un andamio y quién había ingresado en el hospital con la cabeza o el fémur rotos. Se me había ocurrido pensar si la Amparo venía a vivir a mi costa, pero de ese aspecto de su llegada pude estar seguro en seguida: me dio un beso largo, me dijo que venía a pasar la noche conmigo y que se iría mañana en el primer tren. Aquella noche cenamos juntos en un lugar que ella traía apuntado, y me fue a buscar, ya cerrado el periódico, al chigre donde nos reuníamos con los de la competencia. Me fui con ella, y su rápido paso por el chigre sirvió para acrecentar mi buena fama. «Mira tú, el que parecía un mosca muerta.» Pero los de mi periódico no me tenían por tal, no me tenía por mosca muerta, sino por todo lo contrario, aquel Carlos cuya mesa compartía. La Amparo me llevó a donde quiso, hicimos lo que ella quiso y al día siguiente cogió el primer tren que la dejaría en Orense. Yo me quedé en el andén de la estación, cansado pero contento de verla marchar. Me había contado la historia de sus éxitos orensanos, de que patatín, de que patatán, de que tenía un novio que le pagaba tanto y cuanto: un novio viejo que la molestaba poco y le había permitido hacer aquel viaje. Un novio que le había puesto un piso y la dejaba dormir sola las más de las veces. Lo cual valía tanto como invitarme a irme a Orense, a vivir a costa de ella. O más bien del novio viejo aquel que tenía, que debía de ser como el otario del tango, «tener pesos duraderos». Pero yo prefería vivir de mi trabajo, y así se lo hice comprender; yo creo que le saqué un peso de encima, pues lo mismo que yo temía que viniese a vivir a mi cuenta, temía ella que yo me fuese a vivir a la suya, a darme la gran vida a costa suya, o más bien a costa de aquel viejo que tenía pesos duraderos y que yo no sabía quién era ni cómo se llamaba, si era casado o soltero. Todo esto lo pensé mientras ella se arreglaba para coger el tren, el primer tren. Aquel que la dejaría en la estación de Orense, donde, quizá, un viejo la esperaba. Un viejo que yo no sabía cómo se llamaba, ni si era casado o soltero, pero que le había puesto un piso pequeño, eso sí, a la Amparo, y le daba tantos cuartos que ella se había permitido el lujo de invitarme a vivir a su costa. Pero yo, por aquella vez, había preferido la honradez. Por aquella vez. Porque ¿quién sabe lo que pasará a la vez siguiente? Aunque la oferta la haga la misma mujer y los pesos vengan del mismo señor, un señor viejo que yo no sabía cómo se llamaba porque ella no me lo dijo. A lo mejor, ella tampoco lo sabía.

La vi marchar en el primer tren, la acompañé hasta el andén, cansado y soñoliento como estaba, pero la vi marchar con alegría, convencido de que no la vería más. Yo no sé si estaba convencido o era lo que deseaba. Cuando el tren se perdió de vista, yo salí de la estación, lentamente. Se presentaba un buen día: el cielo estaba limpio y el sol barría toda la calle, haciéndome cerrar los ojos. Por resguardarlos entré en el periódico, entré en la redacción, a aquella hora vacía. Empezaban a llegar los empleados de la administración y las mujeres de la limpieza. Yo me refugié en un rincón, de espaldas a la realidad, y dormí toda la mañana, hasta que algo, no sé si dentro o fuera de mí, me despertó. Tenía hambre. Fui hacia mi pensión, donde Lola me abrió la puerta y me dejó pasar como la cosa más natural del mundo. «Ésta no se ha enterado de que no vine anoche. Ésta no es, seguro.» Aquel día servía a la mesa Andrea y, por lo que pude colegir, tampoco se había enterado de mi ausencia. Me resigné a que la visitante nocturna fuese Amalia, la dueña de la pensión, pero, por unas palabras que tuve con ella al terminar de comer y antes de marcharme, tampoco se había enterado. Me quedé como estaba, sin saber a qué atenerme, pero aquella noche, después de la cena, después del periódico, después del chigre, esperé en vano la llegada de la visitante nocturna, que no vino aquella ni las noches sucesivas. Hasta que la olvidé, pero, para entonces, ya había pasado el verano y yo había añadido a mi atuendo regular la gabardina. Llovía, llovía día y noche, y yo me había perdido en la lluvia, un periodista más. Sin embargo seguía esperando por las noches, lloviese o no lloviese, y ella sin venir. Hasta que me acosté y me dormí sin ninguna esperanza, olvidado de la misma esperanza y de la misma espera. Mientras tanto, todavía en el chigre me gastaban bromas con la Amparo: que si va a volver, que si cuándo. Pero me preguntaban por ella y en las preguntas había un cierto respeto: «Mira el muchacho este, el mocoso. Y uno que lleva año tras año esperando que una tía se encapriche por uno, y nada», eso dijo alguien, o eso le oí a alguien. Ellos desconocían mis fracasos, lo que me había costado aquella visita de la Amparo. Total para irse como vino, pasar aquí una noche y no saber más de ella. Sin embargo, algo me había dejado: aquella buena fama que hacía que los de la competencia me mirasen con respeto, porque, para su manera de ver las cosas, triunfar con las mujeres, o con una mujer, era tanto como el talento profesional, aquello que en un principio me habían negado y que ahora me reconocían, no por las cuartillas que escribía todos los días y que todos los días le entregaba al director, sino por haber pasado una noche con la Amparo, por haber venido ella a verme.

CAPÍTULO XI

AQUEL VERANO terminó en lluvias. Llovió seguido desde el quince de agosto, una lluvia fina y persistente, hasta principiar septiembre en que, de pronto, quedó el aire limpio. Parecía como si se quisiera que pasásemos en seco las fiestas. Y fue por entonces, cuando se anunció la llegada del famoso escritor local que había triunfado en Madrid. Dos conferencias se anunciaron: una, en la Universidad; otra, en el Ateneo. El director me consideró el más desocupado de todos sus redactores, o, quizá, el más afín. Me encargó de la asistencia a ambas peroratas. Me encargó que las tomase, no al pie de la letra, lo cual era imposible, pero sí una amplia síntesis de cada una. ¿Lo hizo para que yo me luciera? No lo sé. De todas maneras, en lo íntimo de mi corazón le agradecí su confianza. Mi primer artículo firmado con mi nombre y apellidos no había sido precisamente un éxito, y las burlas que de él se hicieron tuvieron que haber llegado hasta el director, último responsable de aquel desaguisado. Procuré hacer lo mejor posible la conferencia de la Universidad: cuando el director llegó a su mesa se encontró encima mis cuartillas, que yo mismo le vi leer con atención y decirme luego:

—Esto está muy bien, pero que muy bien. ¿Dispuso usted del texto de la conferencia?

—No, señor director.

—¿Entonces?

Yo señalé la mesa y la silla que acababa de ocupar.

—Ahí lo escribí, señor director, sentado en esa silla y con esa misma máquina, como usted puede ver.

El director me sonreía, no sé si porque siempre le llamaba «señor director» y no como mis compañeros, que le llamaban «don Urbano» o «Urbano» a secas.

—¿Me quiere usted enseñar sus notas? Porque esto está muy bien para haber sido hecho de memoria.

Yo registré mis bolsillos y le eché unos papeles donde había garabateado aquellos apuntes tomados mientras el escritor leía torpemente sus cuartillas trascendentales: lo mismo que yo había logrado sintetizar.

—Pues tiene usted buena memoria.

—Los apuntes que ve usted ahí me han ayudado.

Se habían acercado el redactor-jefe y un par

de redactores. El director blandió los papeles que yo le había entregado.

—Cualquiera va por las tardes a preguntar qué ha pasado en el hospital, en la casa de socorro, en la comisaría. Pero tomar al vuelo lo que dijo esta tarde nuestro admirado don Ramón no lo hace cualquiera. Este chiquillo lo hizo.

Sentía cómo la sangre me cambiaba el color de las mejillas. Tenía que decir algo que me hiciese quedar bien delante de aquellos compañeros. El grupo se había incrementado. Carlos, unido a él, me cogía por los hombros, o, más bien, me echaba su brazo, como queriendo protegerme.

—¿Qué pasa?, ¿qué pasa?

—Nada. Aquí, el benjamín, que ha hecho un buen trabajo —dijo uno de mis compañeros.

Y yo me apresuré a responderle:

—Eso lo hace cualquiera. Basta con poner un poco de atención y tomar las notas oportunas.

—Eso es lo difícil: atender, porque tomar notas, las toma cualquiera. Pero atender... lo que se dice atender... Hace falta cierto interés por la materia, y es lo que ustedes no tienen y tiene nuestro benjamín. Interés por la materia, eso he dicho. Ustedes viven en el mundo como si todo se hubiera resuelto; este muchacho encuentra ciertas cosas sin resolver: por eso pone atención, por eso toma notas, notas esenciales como estas que tengo aquí.

Y agitó los papeles que yo le había dado, los

segundos, los que llevaban los apuntes tomados mientras don Ramón leía torpemente su
conferencia. Torpemente. Como si no hubiera
leído jamás en público.

Aquella noche, Carlos me llevó a cenar: lo
hacía en un pequeño chigre escondido y limpio. Me invitó a unos guisantes con jamón y a
unos vasos de vino. Después fuimos al otro chigre, al grande, pero aún no había llegado nadie.
Él se fue al periódico, yo al café. Quedábamos
cerca. Él tenía que hacer no sé qué, yo no tenía
que hacer nada, más que sentarme y oír cómo
ponían verde a alguien. Aquella noche le había
tocado a un tal Aleixandre, poeta de Sevilla.
Mientras los otros hablaban y discutían la poesía de aquel poeta surrealista, yo me entretuve
con su apellido, que no podía eliminar de mi
mente: Aleixandre, Aleixandre... ¿De dónde venía aquello? No de Italia como el del tal Alberti
al que se referían frecuentemente. Alberti también era andaluz, pero no de Sevilla ni de Granada, como los otros, sino de Cádiz, del Puerto
de Santa María. Alguna vez le habían premia-
do, yo no sabía cuándo, los otros no lo dijeron,
y hasta se rieron del premio y del jurado. Oí un
nombre respetado, el de algún poeta que me
había gustado, que había leído con fruición.
A aquellos cinco no les importaba que el poeta
fuese o no fuese gustado: pisoteaban los nombres, pisoteaban las famas, pisoteaban los versos. A Ozores, sin embargo, le gustaba Alberti y
era en esto en lo que Domínguez le llevaba la

contraria. Domínguez detestaba a los poetas andaluces en nombre de una Castilla que, en los versos que a veces me leía, no se veía aparecer por ninguna parte. Porque Domínguez me leía sus versos o, mejor, me los recitaba de memoria, apoyado en el quicio de piedra de la puerta, entre las palmadas que llamaban al sereno y la llegada de éste.

—Buenas noches, don Luis, ¿le he interrumpido? Porque me pareció, mientras venía, oírle recitar.

—No me has interrumpido, Paco, vive tranquilo. Ahí tienes el pago de tu servicio por esta noche. Hoy te puedo pagar; mañana, ya hablaremos. Pero te pagaré con mis versos, que valen más que mi dinero, aunque tú, naturalmente, prefieras el dinero a los versos.

—Y ¿usted qué sabe, don Luis? Puedo preferir los versos al dinero. Si no, ya hablaremos mañana.

—Eso, ya hablaremos mañana.

Del café, donde se hablaba de Alberti, fui al periódico, donde encontré, bajo una piedra bastante pesada, las pruebas de mis cuartillas. Las repasé, las corregí, las amplié: algo se me había ocurrido que no estaba en mi trabajo, que no estaba en las palabras de don Ramón; algo así como una interrogación, que me salía del alma y que había añadido, como contribución personal, a mi propio trabajo. Era una interrogación que ponía en tela de juicio todo lo que don Ramón había dicho. Consulté a Carlos sobre aquel añadido; después se lo presenté al director, quien lo leyó atentamente y me miró después.

—¡Allá usted! Pero esto cambia totalmente lo que antes me había presentado. Aquello era un resumen bien hecho de lo que usted había oído; esto lo convierte en una objeción o en un punto de vista personal. ¿En qué quedamos? —El director me devolvió las cuartillas—. Haga lo que quiera, pero hágalo de una vez. Yo se lo voy a admitir de todas maneras.

Le di forma a mi objeción, la forma más perfecta que pude, y se lo volví a presentar al director. Éste llamó al jefe de los maquinistas y le dijo:

—Esto ya está corregido. Métalo en el periódico, en un lugar bien visible. Don Ramón lo merece.

Dijo «don Ramón» por no decir mi nombre, pero cuando lo decía me miró, y yo entendí lo que quería decir aquella mirada. Me sentí comprometido. Me sentí atado a un nuevo puesto al que aquella mirada acababa de enviarme. Yo dije que sí, que bueno, y marché a mi mesa, a la que antes que yo había regresado Carlos.

—¿Todo bien?

—Todo bien.

Aquella noche, en el chigre, un redactor de la competencia se pavoneaba de haber resumido la charla de don Ramón sin haber asistido a ella: simplemente porque le había llegado el original sin saber cómo ni de dónde y porque

con un solo vistazo había cogido lo esencial.
Todo muy fácil. Yo le escuchaba desde la mesa
donde me había sentado, junto a Carlos, frente
a unos vasos de sidra. A mí no me había sido
nada fácil reducir el texto a unas cuantas líneas, comprimir los conceptos, reducirlo todo.
Pero no se lo dije. Dejé pasar el tiempo y la ocasión. Al día siguiente, por la mañana, quedaban, frente a frente, su versión y la mía. La mía
más pretenciosa, por supuesto. Más completa,
más de acuerdo con lo que don Ramón había
dicho. Pero yo había planteado mi opinión donde el de la competencia lo dejaba pasar, ahí va
eso, a mí que me pregunten, yo no tengo que ver
con nada, yo he cumplido mi deber y nada más.

Aquella tarde nos encontramos en el salón
del Ateneo; él iba a cumplir con su obligación,
yo también. Lo que le pasaba a don Ramón era
que no le gustaba un tal Joyce. Mi rival no sabía
quién era; yo tampoco. Pero yo me fui a la biblioteca a enterarme. En la biblioteca no había
más que un libro del tal Joyce, traducido por
Alonso Donado. Con el prólogo me bastó para
enterarme de quién era. Al día siguiente, mi artículo era una exhibición de saber mientras que
el de mi rival se limitaba a consignar lo que don
Ramón había dicho. Tuve mis partidarios y mis
detractores; la cosa quedó así. A la semana ya
nos habíamos olvidado. Don Ramón había regresado a Madrid y, en la tertulia del café, Domínguez había dictaminado:

—Escribe bien, pero ya nadie escribe así. Es

un escritor anticuado. ¿Cómo va a entender a Joyce? No digo gustarle, que eso sería pedir demasiado, sino entenderle, entenderle nada más, saber por qué hace esto y no hace lo otro...

En general todos estaban de acuerdo con Domínguez. Hasta yo lo estuve en algún momento, pero sólo en algún momento...

CAPÍTULO XII

A FIN DE SEPTIEMBRE arreciaron las lluvias, y
con octubre llegaron las primeras compañías
teatrales. No puedo recordar una pieza de teatro, o una compañía, sin verme al mismo tiempo metido en mi impermeable con la capucha
echada, en contraste con los demás, que llevaban trinchera y usaban paraguas. Hasta en esto
se denunciaba que yo no pertenecía al cotarro,
y aquel impermeable y aquella capucha me de-
nunciaban como forastero, como ajeno a aquel
clan que aplaudía o no aplaudía las comedias
que a mí me gustaban y que uno no podía decir
públicamente cuál era su opinión porque estaba mal visto: le llamaban a uno «intelectual» y
eso no era de recibo.

Las críticas o, mejor dicho, las notas sobre
las compañías importantes y las grandes actrices las escribía un señorito, casi tan joven como
yo, que no entendía una palabra de teatro, aunque

sí de actores y de actrices, pero de una manera humana: «Fulana es una puta y yo me acuesto con ella, pero con Fulano no quiero nada porque es maricón y lo sabe todo el mundo. Que Fulano y Fulana estén casados es de esas cosas que pasan en el mundo de la farándula, que no tiene nada que ver con el nuestro.» Pasaron estrenos, como *La Calle*, de Elmer Rice, o *Santa Juana*, de Bernard Shaw, y aquel mequetrefe consideraba que los actores eran más importantes que los textos y los despachaba con la misma frase: «dijeron bien la letra que se les había encomendado»; que esa letra fuese aplaudida o silenciada, como en el caso de *Santa Juana*, oída con el mayor respeto por un teatro a rebosar pero sin un solo aplauso, eran episodios que no valían la pena. Para mí sí la valía, pero yo no tenía voz ni voto. El director me había dicho: «Le pensaba dar a usted la crítica de teatro, pero tengo un compromiso con uno de los de aquí. Usted ya me entiende. Repartiré entre los dos lo que vaya viniendo. Pero usted irá a todas las comedias y me dirá a mí lo que le han parecido.» En eso habíamos quedado, el director y yo, y en eso estábamos: «Me ha gustado», «No me ha gustado», era lo que le soplaba al oído cada vez que había ocasión.

Aquella chica pertenecía al elenco de una compañía de segunda, por no decir de tercera: una de esas compañías que se forman de cualquier modo alrededor de un nombre, y es a este nombre o a este hombre a lo que se va a ver, lo demás no interesa. Pero aquella chica no era mala; lo que pasa es que estaba sin hacer, como persona y como actriz: como persona, tenía pocos años; como actriz, era la primera vez que se veía en tales lides, aunque su madre fuera una profesional de las tablas e incluso hubiera gozado de cierta fama allá por principios del siglo: era hija de un periodista conocido, nacida en La Habana cuando aún era española, y había estado liada con un general famoso de quien tenía dos hijos. Aquella niña, al salir a escena, resbaló en algo que había en las tablas y cayó cuan larga era. El teatro entero la aplaudió y ella, puesta de pie, dio las gracias con una gracia torpe e ingenua que le valió una segunda ovación, y a mí, que aquella noche estaba de crítico, me impulsó a conocerla. Así empezó la amistad, por no decir los amores entre aquella niña y yo, que la llamaba «cuarto kilo de mujer»; ella me llamaba a mí de alguna manera equivalente, pero de la que me he olvidado. También he olvidado la comedia durante cuyo primer acto cayó la niña aquella, que se llamaba Rosita, aunque su madre quisiera llamarla Rosa y los demás de la compañía, Rosaura, que quizá fuese más pedante o les trajese reminiscencias clásicas: a mí me hubiera gustado que se llamara Elia o Helena, con hache, y también Beatriz, porque aquella zeta al final daba mucho rumbo al nombre, pero se llamaba Rosa, vulgarmente Rosa, y a veces Rosita, que es como yo la llamaba: ni siquiera Rosina, que traía cierto recuerdo teatral, sino Rosita. En una de las comedias, el primer actor y cabeza de la compañía se tocaba con un fez rojo y decía «Muratis», quizá para que le tomasen por más turco de lo que era, o de lo que se hacía, pues creo recordar que el meollo de la comedia era ése: un tipo a quien las circunstancias hacían pasar por turco, habiendo turcos en escena, no sé si Rosita era uno de ellos. El otro recuerdo que tengo es el de un rincón del Museo del Prado, precisamente aquel donde se alineaban, con las obras pertenecientes a Rafael, las que se le atribuían. No sé si la comedia se llamaba *La perla de Rafael* y si en su primer acto había resbalado y había caído Rosita. Lo que me llamó la atención, lo que me puso inmediatamente de su lado, fue que antes de levantarse se arregló la falda de manera que el público no le viese los muslos, aquellos muslos largos y delgados que tenía.

Yo me las compuse para ser presentado a ella; mejor dicho, a su madre, que también se llamaba Rosa, aunque con el «doña» por delante: «doña Rosa» por aquí, «doña Rosa» por allá: «Lo que a usted le interesa no es esta vieja que le acaban de presentar, sino su hija. Me parece natural. ¡Ven acá, niña!»

—Yo soy —dije temblando—, yo soy...

—¿Quién es usted? Alguien que no sabe quién es, un medio tonto.

—Me llamo... Fulano de tal.

Le dije mi nombre, le dije quién era, le dije

que hacía la crítica para un periódico local, le dije que al día siguiente me referiría a su caída, y al día siguiente me recibió con una sonrisa de oreja a oreja porque había hablado de ella, del resbalón y de los aplausos recibidos. Casi esto ocupaba lo que yo llamaba mi crítica sin referirme para nada ni a la comedia ni a sus autores (eran varios, dos o tres) ni al figurón que la interpretaba. El cual pasó por mi lado, aquella segunda tarde, sin mirarme siquiera y sin preguntar quién era y qué hacía allí. El figurón había protestado porque no le nombraba, ni siquiera le nombraba, en mi crítica: aquello que yo llamaba mi crítica y que no era más que la crónica de un suceso, al fin y al cabo, lo que yo hacía todos los días. El figurón llevó su protesta a lo más alto y amenazó con retirar las dos entradas gratuitas y bien situadas con que se nos obsequiaba cada mañana. Ya conocíamos el sobre. Me lo daban sin abrir y yo llevaba conmigo a alguien de la tertulia del café, generalmente a Domínguez, que gustaba del «astracán» y reía como un loco cada vez que el figurón decía «Muratis» o algo semejante.

—Pues no está tan mal el andova. Debería usted por lo menos haberlo citado, y así no hubiera tenido pretexto para armarle este follón que le armó.

Me atreví a convidar a Rosita a tomar café. Fue después de comer. A los pocos minutos habíamos enmudecido, ella y yo, porque no teníamos nada de qué hablar. Ella salió del apuro airosamente: me empezó a contar las interioridades de la compañía y las conquistas del figurón, a quien nadie se le resistía a pesar de estar casado y de llevar a su mujer con él, su pobre mujer, que quedaba en el hotel, decían que atada a la cama, pero Rosita no lo había creído nunca. Contaba aquellas cosas con total desparpajo, como si no hubiera hecho otra cosa en su vida. Lo contaba con voz distinta y con actitud distinta, singularmente en la cara y en las manos: parecía otra mujer, parecía una mujer. Pero pronto se le acabó la cuerda, quiero decir las interioridades de la compañía. Menos mal que había llegado la hora de llevarla al teatro: yo la llevé, entré con ella, y la dejé a la puerta misma del camerino donde a aquella hora su madre se pintarrajeaba. Tuve tiempo de invitarla a comer para el día siguiente, con la esperanza de que ella no aceptase; pero ella retrasó la respuesta, haciéndola depender del permiso de su madre.

—Vuelve en uno de los entreactos —me dijo.

Volví y me dijo que sí, «y ya te contaré todo lo que me dijo mi madre al respecto de las precauciones que tengo que tomar».

Fui a buscarla a la pensión donde vivía. Acababa de levantarse y no había desayunado, pero no me lo dijo para que yo, antes de la comida, le ofreciese un aperitivo. La llevé a un restaurante que había visto cerca del teatro; la llevé, pero antes, antes incluso de buscarla a ella, me había enterado del precio del cubierto,

111

por si mis ahorros no daban para tanto. Pero me sobraba dinero para invitarla a tomar café como el día anterior, y lucirme con ella ante mis amigos y el trío, que nos estarían mirando. Ella pidió unas fabes y un bisté con patatas, yo pedí lo mismo que ella, aunque no me gustasen gran cosa ninguno de los platos elegidos: el uno porque era regional y yo odiaba por principio todos los platos regionales; el otro porque me lo daban con frecuencia en la pensión: sota, caballo y rey, como decía Domínguez. Bisté con patatas tocaba los lunes, miércoles y viernes a mediodía.

Durante la comida no hubo problema: hablé yo sólo, hablé de teatro, del antiguo y del moderno, de los autores conocidos y de los desconocidos. Rosita me miraba encandilada: nunca había visto ni oído cosa igual. Se me terminó oportunamente el repertorio. Pagué y la llevé al café; fue allí donde ella habló largamente de todo lo que su madre había dicho y recomendado. Lo dijo todo con su segunda voz, como una artista que era, pero a mí me gustaba más tímida y muda, con sus grandes ojos abiertos, como cuando me había escuchado. Lo que su madre le había dicho y recomendado no pasaba de puerilidad, incluso para mí que no sabía de la misa la media: que no fuese provocativa, que no me enseñase las piernas más arriba de la rodilla y, si se inclinaba, tuviese la precaución de llevarse la mano al escote y de retenerla allí, evitando de esta manera que se le viese la ropa interior. Así lo dijo: «la ropa interior», y me miró y se rió. «La ropa interior», repitió. Entonces, yo la miré: aquello que no nombraba, sólo apuntaba, aquí y allá, hacía falta toda mi perspicacia para adivinarlo debajo del traje, que debía de tapar otras cosas que tampoco habían crecido y a las cuales Rosita no se había referido para nada, ni su madre tampoco, al parecer. Se conoce que no contaban para ella.

Yo creo que a partir de aquel momento le inventé una personalidad que estaba lejos de tener, una personalidad doble, quizá resultado de mis lecturas antiguas o de mis lecturas recientes, no sabría decirlo. Dotada de esta doble personalidad la pensé siempre, hasta ahora, creo yo, en que veo a Rosita, o Rosaura, como la llamaban sus compañeros, como una joven tímida que se defendía de su timidez echando mano de los recursos de aquel arte que estaba aprendiendo: el de interpretarlo todo, incluso una mujer de varias personalidades.

Por alguna razón, todas las que había conocido hasta entonces, mi madre, mi hermana y sus amigas, la Amparo y las suyas, más aquellas conocidas de última hora, dos criadas de servicio y una dueña de pensión, se me antojaban vulgares y, sobre todo, inmediatamente comprensibles, porque tenían una sola personalidad y actuaban con ella; pero Rosita era distinta, no había más que escucharla. O por lo menos eso era lo que yo pensaba al dejarla por segunda vez a la puerta del camerino de su madre y oír de sus labios una vaga invitación a comer que no concretaba ni el día ni la hora, pero que iba envuelta en el tono más afectuoso. Yo me iba enamorando de ella, quiero decir que me enamoraba de mi propia invención y de lo que ya empezaba a pensar como futuro inmediato de aquella chica inesperada, que había llegado en un tren nocturno y que se marcharía en otro cuando aquel truhán, aquel sinvergüenza, aquel figurón de su director hubiese terminado su contrato, que se iba prolongando día a día, porque negocio, lo que se dice negocio, lo hacían con él, no con las compañías superferolíticas, encabezadas por una mujer o un hombre conocidos, o bien un matrimonio, que representaban teatro inglés o francés, con alguna incursión a lo italiano, pero pocas: teatro lleno tarde y noche; por la tarde, las señoras «bien» que se reían, pero disimulaban la risa o la ocultaban detrás de los abanicos; por la noche, matrimonios mesocráticos que se reían a mandíbula batiente, ella y él. Se reían hasta tal punto de sonoridad que muchas veces se perdía la letra de lo que estaban diciendo y los actores se paraban hasta que el público dejaba de reír y podían continuar la comedia.

Pero todo se acaba en este mundo. El figurón tenía compromisos en teatros cercanos, en plazas cercanas: Santander, Burgos, Palencia y Zamora. Después volvería, o así al menos nos lo anunció una de aquellas noches, quizá la última.

Yo había comido, por fin, con Rosita y doña Rosa; había comido, en su pensión, una especie de bazofia de muy buen sabor. Con aquello engañaban los estómagos, y las actrices y actores, buenos o malos, iban al café y al teatro. Yo iba con ellas y pronto fui uno de tantos. Doña Rosa, por lo que pude colegir de su charla infinita e incoherente aunque con muy buen acento, eso sí, se veía cada vez más sorprendida por aquella hija que le salía irremediablemente guapa y de la cual no sabía qué hacer: si destinarla a un matrimonio burgués y resignarse ella misma a llevar a sus nietos a los jardines y cuidar de ellos, o buscarle más adelante lo que en el argot de la farándula se llamaba «un editor responsable» que le pagase la compañía si la chica tenía talento o salía lo bastante bonita como para encabezarla. Yo podía ser el candidato a marido burgués, en el caso de que aquellos proyectos míos de ser un periodista bien pagado o un catedrático de Derecho en cualquier universidad resultasen. Pero aún faltaba mucho tiempo para una cosa o para la otra; faltaba por ejemplo que Rosita se pusiese guapa de una vez y creciese como mujer: que fuese, además de guapa, atractiva.

CAPÍTULO XIII

MI HERMANA FLOR me escribía todas las semanas. Me dedicaba una tarde de cada semana, la tarde de los viernes, creo yo, que era la que ella tenía más para sí, porque su novio se iba los viernes y no venía hasta los sábados. Me escribía una carta por semana, con su letra preciosa, siempre igual, y me contaba lo que pasaba y lo que iba pasando. Una vez me contó, y esto fue muy pronto, que la habían pedido, y ese día mi padre se había puesto de uniforme. Mi padre estaba muy guapo de uniforme: tenía una gran facha. De uniforme fue a la boda de mi hermana, que se celebró a finales de agosto o principios de septiembre, no lo recuerdo bien. Sólo sé que aquel día llovía, cuando recibí la carta y decidí poner un pretexto para no ir. Le dije a mi hermana que tenía gripe, porque era la gripe lo que tenía alguna gente de mi alrededor, yo decidí cogerla y ponerme más enfer-

116

mo el día que se casaba Flor, y salí del paso con un telegrama. «La fiebre me impide ponerme en viaje punto que seáis muy felices punto abrazos», y firmaba con mi nombre de pila que, aunque era el mismo que el de mi padre, no nos confundían jamás: a él lo llamaban por su apellido, el capitán Fulánez, y a mí nunca me dieron más que mi nombre.

Mi hermana, quiero decir Flor, me contaba los dimes y los diretes de todas sus amigas. Entonces descubrí que era una verdadera chismosa y que las tardes de los viernes lo pasaba en grande recordando lo que habían dicho y lo que habían hecho Fulana, Zutana y Perengana. También me tenía al corriente de cómo nuestra madre cambiaba de gustos en materia de coches y hoy le gustaba uno y mañana otro, en tanto que ella, quiero decir mi hermana Flor, seguía empeñada en cambiar por uno francés el viejo Studebaker.

Me faltaron sus cartas el día acostumbrado, pero las recibí pocos días después, con el membrete de un hotel caro de Santiago y la letra del sobre desconocida. En el interior, en un papel escrito con su letra sin una sola vacilación, mi hermana Flor me decía que se había casado, que estaba de viaje de novios y que era muy feliz. Ni siquiera al escribir «feliz» le había temblado la mano, y supongo que aquel señorito, que era ahora mi cuñado, la haría feliz con lo que había aprendido de la Amparo y, en los últimos días, más exactamente en los últimos dos meses, de la Iris. Me quedé un poco atontado con aquella breve nota y no por su contenido tópico, que ya lo esperaba un día u otro, sino por la posdata que traía la carta: «En otra, en la próxima, te contaré y comentaré lo de papá.» Con lo cual yo quedé pendiente de la próxima carta y, hasta ella, más o menos inquieto por la referencia a mi padre.

La carta llegó unos días después. Venía en un sobre bastante abultado: como que traía la despedida de mi padre a mi madre: una carta nada dramática, más bien vulgar, en que mi padre decía que iba a hacer un viaje más largo que lo acostumbrado, pero al final del cual regresaría como siempre: con los bolsillos abultados de billetes, esta vez más abultados porque el viaje era más largo y mayor su ausencia.

La carta de Flor era bastante incoherente. Mezclaba en ella lo feliz que era con los arreglos que habían hecho para que el nuevo matrimonio no tuviera que marcharse de casa, y sus quejas y las de mi madre por la marcha de mi padre que atribuían una y otra a la presencia de mi cuñado que, supongo, comería todos los días a la mesa en el lugar que yo había dejado vacante o en el que había dejado mi padre, no sé. Mi cuñado era el único varón de la familia y sobre él recaían el mando, la autoridad, y todas esas zarandajas.

Escribí una carta a mi madre en la cual le daba a entender todo sin referirme a nada, y otra a mi hermana, felicitándola por su matrimonio y porque por fin hubiese alcanzado la felicidad. Después vinieron las cartas de siempre, a las cuales yo respondí como siempre, es decir, cuando me apetecía y no tenía cosa mejor que hacer. Pero al cabo de algún tiempo, no mucho, me llegó una carta de mi padre contándome que se había ido a Buenos Aires con un capitán amigo que lo llevaba gratis en su barco. Me daba una dirección a la que podía escribirle si quería. Lo hice inmediatamente y le decía que de las cartas entre él y yo no tendrían noticia las mujeres de la familia ni ese señor que ahora ocupaba en la casa nuestro lugar. No sabía por qué, pero me interesaba corresponder con mi padre, tener siempre noticias de él y saber dónde estaba y adónde podía escribirle: yo también necesitaba desahogarme, contar cosas, y antes me servía mi padre que mi madre o mi hermana, aunque parezca raro. De modo que las cartas fueron más regulares, y las conservo todas. Mi padre no escribía bien, pero sus cartas se entendían y gracias a ellas o merced a ellas iba reconstruyendo su vida allá en Buenos Aires, primero como empleado de una casa consignataria y más tarde como capitán de un barquito que hacía la carrera entre Buenos Aires y Montevideo y no llevaba a bordo más que gallegos: gallegos en la tripulación, gallegos en el pasaje y gallego el capitán. Sólo el barco estaba construido, enrolado o abanderado en la República Argentina.

CAPÍTULO XIV

Vino una compañía muy empingorotada que no ponía más que teatro inglés, Oscar Wilde, Bernard Shaw y todos ésos. Traían como director a un conocido intelectual al que tuve que hacer una entrevista: me recibió en el mejor hotel de la ciudad, en su habitación privada. Lo que recuerdo de aquellas horas es el baúl-librería donde aquel caballero llevaba sus textos; despertó en mí la envidia y las ganas de poseer uno semejante. Empecé a modificarlo en mi mente y según mis conveniencias, pero como éstas cambiaban a cada segundo, al final no sabía lo que quería ni tenía libros suficientes para meter en aquel baúl de mi invención. El crítico de teatro llevaba siempre a la misma chica, que debía de ser su novia. Pero ellos iban por la tarde, y yo de noche. De manera que disponía de dos entradas y podía llevar a quien me diese la gana, generalmente a Domínguez, a quien, de repente, había entrado una gran curiosidad por el teatro de Wilde y por las traducciones que se representaban. El penúltimo día, cuando repartieron la propaganda de la comedia que se iba a poner al día siguiente, no sé si *El marido ideal* o *El abanico*..., nos informaban también de la reaparición muy próxima de aquel zascandil especializado en comedias de figurón y en cuyas filas teatrales se contaban Rosita y doña Rosa. Le dije a Domínguez que, a partir de tal día, iríamos al teatro por la tarde, porque, como se recordará, el crítico oficial no se dignaba asistir a los estrenos de tarde, que dejaba para mí. Pero él iba de noche no sé si solo: no me dediqué a espiarlo.

El figurón escogió un poco más su repertorio, o al menos empezó de otra manera. Puso en escena, para presentarse, *Cyrano de Bergerac*, de tal manera que buena parte de la compañía quedaba fuera del reparto. Así es que yo pude asistir a la función acompañado de Rosita mientras doña Rosa, con otras actrices y actores, ocupaba la última fila, que no se llenaba nunca. El figurón se agenció una nariz bastante larga y bastante dura, e hizo con ella verdaderas filigranas. Culminó su talento en la presentación de los cadetes de la Gascuña, «Que a Carbón tienen por capitán», según rezaba la traducción que representaba aquel hombre. No le negaré talento y así se lo reconoció el público aplaudiéndole y obligándole a repetir la escena. «Esto pasa en todas partes», me dijo al oído Rosita. No recuerdo más, ni si la primera actriz sabía o no dar la réplica al figurón tan aplaudido. Al segundo entreacto nos marchamos, yo a escribir la nota que exigía mi profesión. Llevé a Rosita conmigo al periódico y fue muy celebrada. Ella no había estado nunca en una redacción: curioseó y husmeó lo que quiso y el director le gastó alguna broma. Después fuimos a buscar a doña Rosa y cenamos juntos en un lugar baratito donde las fabes eran buenas. Yo no sabía qué hacer, si llevarlas al café o irme con ellas al teatro. Me dejé llevar, y acerté: doña Rosa dijo que tenía sueño y se marchó a la pensión con su hija. Yo la acompañé hasta la misma puerta y luego me fui al café: Domínguez daba a sus amigos, que eran también los míos, una versión caricaturesca del Cyrano que había visto aquella tarde: «por cierto que nuestro amigo —y me miró— estaba en muy buena compañía», y se rió. Yo le odié en aquel momento pero no se lo dije: me limité a responder con una sonrisa fría, casi una mueca, a su sonora carcajada. La verdad es que yo no sabía qué hacer con aquella chica: si seguirle llamando cuarto kilo de mujer o decirle que la quería y que me esperase hasta ganar lo suficiente para casarme con ella. Eso lo pensé muchas veces pero no lo hice nunca. El figurón cambió de comedia, ella tuvo un lugar en el reparto y yo ocasión de decirle en el periódico que era una gran actriz. Quien me lo agradecía no era ella, sino su madre. Rosita se limitaba a sonreírme. Una de aquellas tardes, o quizá haya sido una de aquellas noches, me enteré de que Rosita tenía un hermano, al que habían dejado en Madrid y al que todas las semanas giraban cierto número de duros, no a su nombre sino al del dueño de la pensión en la que vivía. Saber de este hermano, saber, como supe después, que no trabajaba, sino que vivía de lo que su madre y su hermana hacían por él, no me asustó de momento: yo proyectaba sostener con mi sueldo de periodista a Rosita, convertida en mi mujer, y a su madre; que ahora viniese una persona más ¿qué importaba? Aquel hermano llegó a ser para mí algo más que una referencia; preguntaba por él, y aunque doña Rosa, a cada mención de su hijo, torciese el morro, yo fingía no darme cuenta y para mis adentros lo interpretaba equivocadamente. Así fue y así siguió hasta que doña Rosa, poco antes de marcharse, me dijo francamente que su hijo era un sinvergüenza, que no daba golpe y que se dedicaba a engordar a costa del trabajo de su madre y de su hermana. Pero fue Rosita la que me dijo que su madre exageraba, que le tenía manía a su hijo, no sabía bien por qué, y que el chico estaba para entrar rápidamente en una compañía donde, de meritorio, le pagarían lo menos cincuenta duros. Yo lo creí todo a pies juntillas y no hice preguntas complementarias porque el tren estaba pitando y Rosita tenía que subirse al vagón. Dejé aquellas preguntas para una ocasión mejor.

Rosita se marchó con su madre y con toda la tropa del figurón. Iban a hacer las plazas de Galicia y yo les di algunos buenos consejos acerca del modo de vivir y sobre todo acerca del modo de comer. Le escribía una carta diaria y ella me respondía una o dos veces por semana. Y así lo hizo desde Orense, desde Vigo, desde Villagarcía... Aquí dejó de escribirme y no volví a saber de ella. Los primeros días me atormenté imaginando qué había sucedido: que alguien más guapo que yo y mejor informado, quizá un estudiante de Santiago, había ocupado mi lugar, me había desbancado. Pero mis imaginaciones me hacían cada vez menos daño; al final no me hicieron ninguno y yo seguía imaginando porque no tenía nada mejor que hacer. El trío se había marchado, Domínguez también, y aquellos tres poetas que asistían al café habían dejado de ir, aunque con uno de ellos me entendiese bastante bien. Me dediqué a la Universidad, y las tardes y las noches al periódico, cuya importancia descubrí entonces porque era el que me daba de comer y al que venía sirviendo desde hacía meses. Las tardes libres las ocupaba en ir al cine, que no me costaba nada, cualquiera de los tres o cuatro que había en la ciudad. Antes o después del cine hacía mi recorrido: casa de socorro, hospital, comisaría, y con las noticias fresquitas me iba al periódico, donde hacía literatura porque un señor había resbalado en la calle y se había roto un brazo o porque un minero se había roto una pierna en la mina y lo trajeran al hospital. Me acostaba temprano y no volví a recibir visitas. A veces las echaba de menos; a veces no.

Seguía pensando en Rosita, que iba siendo para mí un ser cada vez más fantástico. Como que llegué a dudar de su existencia real. Sin embargo me mantenía fiel, y todas las noches pensaba en ella antes de dormirme; pensaba en ella castamente y creo que en todo aquel tiempo no tuve un mal pensamiento. Entre otras razones porque existía Juliana. Juliana era la hija de uno de aquellos que se habían caído y se habían roto una pierna. Yo la conocí en el hospital. Salió conmigo y al cuarto día cayó; lo mismo pudo haber caído el primero, porque no era virgen. Nos veíamos todos los días antes de comer, después de la última clase, y yo desahogaba en ella todos mis malos pensamientos, todos mis malos deseos, de manera que llegaba a la noche sin ánimos de mancillar el recuerdo de Rosita. La cual, como dije, llegó a ser para mí como un ángel. Son injusticias que se cometen sin saber que lo son. Juliana pagaba el pato, ¡y yo que le decía todos los días que la quería!

Recuerdo alguna de las clases a que asistí: un poco revueltas, pero, para mí, siguiendo el mismo orden que habían llevado mis estudios allá en Galicia. La primera era de Derecho Romano, con un señor que sabía mucho y nos llenaba la cabeza, durante media hora, de bibliografía en alemán y en inglés, que no apuntábamos ni recordábamos. No preguntaba ni sacaba a dar la lección. Decía simplemente: «Algún ciudadano romano púber ¿quiere colaborar conmigo?» Este colaborador no faltaba nunca, aunque a veces fuera colaboradora, pues había dos o tres chicas, guapas todas ellas, pero muy estudiosas: no salían con nosotros, no se juntaban con nosotros ni siquiera en los intervalos entre clase y clase. Ellas hacían su vida y nos dejaban a nosotros que hiciéramos la nuestra.

La segunda clase la daba un cuarentón muy guapo y muy elegante que no sabía nada. Nos leía en clase unos apuntes con los cuales era tradicional gastarle bromas. Los dejaba en el cajón de su mesa. Los del curso anterior al nuestro nos enseñaban cómo se llegaba hasta ellos y hasta nos aconsejaban la broma que había que hacerle: si cambiárselos de cajón, si pegarle las hojas unas con otras. Preferíamos la primera por haber descubierto que, cuando no encontraba los apuntes, nos dejaba sin clase: «Váyanse por ahí. Hoy no tengo ganas de hablarles durante una hora.»

Con lo cual habíamos llegado hasta las once. Entonces, los estudiantes ricos se iban a tomar su café a cualquiera de los locales próximos, mientras los no tan ricos íbamos al mercado cercano a comprar pan de maíz, que nos daban envuelto en berzas. Yo aprovechaba la ocasión para hacer una visita a mi Juliana, que regentaba un tenderete de ropa interior femenina; y digo regentaba porque el tenderete no era de ella sino de una señora «bien» de una ciudad cercana que pagaba a Juliana por llevarlo, quiero decir por vigilárselo y atender cualquier posible comprador o compradora. Mis amores con Juliana fueron pronto conocidos de todos mis compañeros, y lo que me valía su respeto me impedía también acercarme a las chicas ni siquiera con el pretexto de pedir unos apuntes o cualquier otra cosa, como un libro, un papel o un lápiz. Entonces era muy raro ver a las chicas en la Universidad. Raro para ellas y raro para nosotros. Naturalmente eran mejores estudiantes, eran más «empollonas». Cuando llegó el fin de curso, los sobresalientes se los llevaron ellas; el mejor de nosotros hubo de contentarse con un notable, pero lo corriente fue el aprobado. Hubo quien lo dio general, como el de Derecho Romano, con grave protesta por parte de las chicas, que para eso, para ser iguales a los demás, no habían trabajado como leonas durante todo el curso y no se habían aprendido la endemoniada bibliografía en alemán que el profesor nos daba.

A la una y media cerraba Juliana su tenderete y allí mismo nos encontrábamos. Solía llevarla al cine, que para algo era gratis; éramos tres parejas a repartirnos las seis localidades de que disponíamos diariamente: el director con su mujer, el crítico de teatro con su novia y yo con la mía. Juliana vestía bien por las tardes, pero sólo tenía dos trajes que alternaba debajo del abrigo: uno para llevarlo al Campoamor, quizá porque era allí donde más se veía y donde tenía que codearse con señoras y señoritas de la buena sociedad, y otro para los otros dos locales, más pequeños, donde no iban más que estudiantes, criadas con sus niños y sus soldados. Aquí Juliana se encontraba menos tímida, más en su salsa, de manera que decía con desparpajo si la película le gustaba o no, cosa a la que no se atrevía en el otro cine, donde estaba más callada, más cabizbaja, y me decía siempre a la salida «no sé por qué me traes aquí». Pero si pasaban más de dos días sin llevarla, empezaba a protestar y a preguntarme si me daba vergüenza salir con ella. A veces, esto solía ser los sábados, íbamos por la noche, y dejaba para el retorno nuestro particular solaz. El cual se acabó hacia la Semana Santa, no por respeto a los días señalados sino porque apareció, o mejor reapareció, el tío anterior a mí, y Juliana empezó a fallarme, a venir unos días sí y otros no, a faltar a la cita del tenderete, hasta que, allá por mayo o quizá a finales de abril, decidimos no vernos más. Fue una ruptura muy cómoda para entrambos, pues ella tenía sustituto, y yo también, a mi modo. Mis relaciones con Rosita se habían reanudado y habían cambiado.

—Pepe se va a casar conmigo, cosa que tú no harías. El gusto que me dabas tú me lo puede dar él, de modo que no salgo perdiendo, sino ganando. Quienes van a ganar de seguro

son mi padre y mi hermano, que estaban har-
tos de encontrarme contigo en el portal. Pepe
les gustará más que tú, aunque lo encuentren
igual en el portal, por aquello de que va a casarse conmigo.

CAPÍTULO XV

UN DÍA ME LLEGÓ un sobre. Venía desde Madrid y me lo habían colocado sobre mi plato, debajo de la servilleta. No me causó sorpresa, porque antes de recibirlo, antes de abrirlo, ya me había dicho Andrea, que aquella mañana servía a la mesa, con su gran acento de Lugo:

—Le escribió la chica aquella del teatro, pero esta vez lo hace desde Madrid. En la mesa tiene la carta. No se ponga demasiado contento al leerla.

Lo dijo con voz firme y como quien no quiere la cosa. Yo la espié, pero no encontré ningún indicio de que hubiera sido ella la visitante nocturna de hacía algunos meses; me dijo que tenía carta de Rosita como si me hubiera dicho que la tenía de mi hermana. La cual por cierto me había anunciado ya que para el otro verano habría un sobrinito.

Rosita me contaba que la compañía del fi-

130

gurón se había deshecho, precisamente en Santiago; que habían tenido que regresar a Madrid rápidamente y que su madre había encontrado acomodo, más o menos estable, en una compañía de revistas del teatro Fontalba, y que ella, como hacía siempre que no trabajaba, iba a una academia a mejorar la letra y la ortografía. La vida de Madrid le gustaba más que la de provincias, sin casa y sin un lugar fijo donde estar y donde verse con su hermano. Me hablaba algo de un café cercano a la Puerta del Sol y de un piso que pensaban alquilar en el caso de que siguieran en Madrid, es decir, que el empleo de su madre fuera estable. Aquí terminaban las noticias, pero ni una sola palabra me daba a entender que Rosita pensase en mí, como yo pensaba en ella, todas las noches, antes de dormirme.

La fotografía venía aparte, aunque yo la haya visto, mirado y remirado antes de leer la carta. La fotografía era del tamaño de una postal y la ocupaban Rosita y su cuerpo vestido con un traje de punto que podía ser verde o rojo. Pero esto no era la novedad. La novedad era que allí donde antes había un ángulo había ahora una forma redondeada, unos pechos pequeños pero bien abultados donde antes era inútil taparse el escote, y una sonrisa, que quería ser pícara pero resultaba inocente, debajo de una boina que podía ser roja o verde como el traje y que le sentaba bien a la criatura.

Yo no sé si grité o hice algún aspaviento antes de leer la carta, a la vista de la fotografía, sólo a la vista. El hecho es que los tres comensales se quedaron mirándome y Andrea acudió a mi lado, a preguntarme si me pasaba algo. Yo le dije que no, tapé la fotografía con la servilleta y me enfrasqué en la lectura de la carta. Lo que deseaba era no comer, refugiarme en mi cuarto y allí dedicarme no sé si a la lectura o a la contemplación o a las dos cosas si era posible. Pero supe guardar las formas, metí en mi bolsillo la carta y la fotografía y me dispuse a comer y a charlar: a comer lo que me sirviese Andrea y a charlar lo que quisieran los otros tres comensales, quienes, naturalmente, me preguntaron, no sé cuál de ellos, si había recibido malas noticias o qué me había pasado. Pero yo los tranquilicé diciendo que el grito había sido de sorpresa porque mi hermana había tenido un mal tropiezo, aunque había salvado la criatura, y esto era lo importante. Lo demás, lo que venía en la carta, eran noticias corrientes. Habíamos llegado ya al plato fuerte, Andrea preparaba cuatro raciones de queso con membrillo, y aquello era señal de que la comida iba a terminarse pronto. Yo lo estaba deseando. Apuré aquellos últimos bocados y casi sin decir buenas noches y buen provecho, que era lo que se decía entonces, marché a mi cuarto con mis papeles: no releí la carta, pero miré y remiré la fotografía que me venía dedicada, dándome el tratamiento de «buen amigo», y firmado Rosa cuando yo hubiera deseado otro tratamiento menos distante y la firma de Rosita.

Aquella noche no fui al café. Estuve como un tonto mirando la fotografía y, cuando dio la hora, me fui al periódico, donde todo el mundo notó que me pasaba algo y yo los tranquilicé diciéndoles que no, que no me pasaba nada. Aquella noche no tenía qué hacer: escribí una larga carta a Rosita donde le contaba parte de mi vida y que pronto iría a Madrid aunque fueran pocos días, sólo para verla. La carta, que iba escrita a máquina, salió muy larga y muy detallada: como que me llevó doble franqueo. La eché la misma noche, mientras mis compañeros tomaban la última sidra en el chigre del que ya tengo hablado. Después me fui a mi casa y me acosté; pero la Rosita espiritual y delgaducha que yo amaba no me venía a las mientes, sino la otra, la que abundaba en redondeces y a la que iba desnudando *in mente* de aquella ropa que unas veces suponía roja y otras veces verde. Pero dentro de aquel traje, verde o rojo, no había nada. Yo era incapaz de imaginar el cuerpo de Rosita vestido con sus ropas interiores, más aún despojado de ellas; porque lo que veía era el cuerpo de Juliana o aquel otro, no sé de quién, que había venido a visitarme unas cuantas noches y que había dejado de hacerlo; yo lo conocía sólo por el tacto, y no completo. Ahora con más motivo porque, fuera quien fuera, las tres mujeres de mi casa se habrían enterado de lo del retrato de Rosita. Andrea lo habría dicho, salvo en el caso de que fuera ella, y entonces se habría callado. Por lo pronto no llevé aquel retrato conmigo, sino que lo metí entre el cristal del espejo y la madera, más para que lo vieran que para verlo, pero dejando que se pudiera leer la dedicatoria: no fuera el diablo que nos atribuyesen a Rosita y a mí lo que no existía ni había existido jamás.

Por aquellos días me llegaron también una carta y un paquete. Ambos procedían de Domínguez, que vivía en algún lugar de Madrid y, según me contaba, era el director de una revista cuyo primer número me enviaba aparte y en la que me invitaba a colaborar. Como no decía lo que iba a pagarme, ni le contesté ni le mandé colaboración alguna. Me decía a mí mismo, de vez en cuando, que había que escribirle a Domínguez, que había que escribir para su revista un cuento breve, una poesía, aunque no fuera más que un artículo; pero me disculpaba con la realidad de los exámenes y el mucho trabajo que me daban. De todas maneras, una noche fui por el café: allí estaban, aburridos como siempre, los amigos, que no se distraían más que hablando mal unos de otros o poniendo verdes a poetas que desconocían. Les leí la carta de Domínguez, les mostré el primer número de la revista que dirigía y que me había mandado; uno de ellos me preguntó si, efectivamente, yo iba a colaborar. Le respondí que sí pero más adelante, para el número cuatro si llegaba a tiempo, o para el cinco; que aquellos días, entre el periódico y la Universidad, tenía mucho trabajo. Ellos quedaron convencidos de que yo no mandaría nada; yo también.

Pasaron quince días, quizá algunos más. Terminé mis exámenes satisfactoriamente y escribí dos cartas: una a mi padre, otra a mi hermana. La de mi padre era breve: a mi padre le bastaban pocas palabras. Pero la de mi hermana era larga y detallada; más que en ella, pensaba en mi cuñado al escribirla: todos aquellos detalles iban dirigidos a él, para que se fastidiase, pues mi cuñado nunca había creído en mí, y aquel triunfo universitario y otros que probablemente le iban a seguir me permitirían algún día levantar la voz y decirle cuatro cosas al tipo aquel, que era más rico que yo pero que era lo único en que me superaba.

Con todo lo cual habíamos llegado al mes de junio, y casi se terminaba. Hacía diez meses, más o menos, que había cambiado de ciudad y que trabajaba en el periódico: creí llegado el tiempo de pedir un permiso aunque fuese sin sueldo. Pero lo pedí para que empezase el primero de julio y poder cobrar así la mensualidad entera, pues no quería pedir dinero a mi casa y me hacía falta para los viajes y la estancia en Madrid, por corta que fuese. Así que esperé unos días y me encontré con la sorpresa de que me pagaban la pensión a mes vencido y poco me quedaba por cobrar: todo lo más, aquel sobresueldo que me daba el director para mis gastos, aquella especie de limosna que yo había recibido sin la menor vergüenza en los primeros días de cada mes. La verdad es que el director me lo había dado como ganado por mí: más adelante supe que aquel dinero procedía de su peculio propio y que la empresa del periódico se limitaba a pagarme la pensión, y eso como un gran favor. No me quedaba, pues, otro remedio que pedir dinero a mi madre. Eso fue lo que hice, pero desde Madrid, adonde pude llegar con lo poco que el director me había dado.

Ninguno de mis compañeros del periódico creyó que yo volvería; no lo creyó ni siquiera el director, que se despidió de mí con gran ternura y pedía que le escribiese. Fingí emocionarme yo también, pero la verdad es que estaba deseando tomar el tren de aquella noche, que me dejaría en Madrid a la mañana del día siguiente, donde yo vería a Rosita, que me estaría esperando. Pero éste es otro cantar.

CAPÍTULO XVI

EL TAXISTA ESPERABA una dirección. Le di la de
una pensión donde mi padre solía parar, en la
calle de la Montera. Allí me llevaron y me me-
tieron en una habitación pequeñita y limpia a
la que no llegaban los ruidos de la calle. Dejé
la maleta encima de una mesa y salí, porque la
hora de mi cita con Rosita se acercaba. Afortunadamente aquel café estaba cerca, nada más
salir de la Puerta del Sol, en la primera o en la
segunda casa de la calle de Alcalá hacia la izquierda. Era una casa de gran empaque, pero el
café carecía de ventanas a la calle. Me senté
ante una mesa alejada de la puerta y al camarero que se acercó le pedí un café solo. Frente a
mí, en una mesa como la mía, había una cua-
rentona que empezó a hacerme guiños y seña-
les de que me fuera con ella; le di la espalda.
Rosita llegó pronto acompañada de un tío gordo y grande que me presentó como su hermano

Enrique. Los invité a sentarse y Enrique lo hizo, pero ella no. Puso el pretexto de que tenía clase y no podía faltar, pero vendría pronto. Además, vendría sola, y no acompañada de amigas, dos o tres, como solía salir todas las mañanas.

Rosita marchó. Su hermano había quedado frente a la tía aquella de las señas, que se las hacía ahora a él. Se quitó la chaqueta y, mientras la colgaba en el respaldo de la silla, me invitó a hacer lo mismo con el pretexto del gran calor que hacía y de que estábamos a primeros de julio. También hizo su petición al camarero, aunque no un café solo como yo, sino un refresco de los caros; me fijé en el precio, que venía en el platillo, y hasta recogí el papel, porque al fin y al cabo era yo el que pensaba pagarlo. Enrique se parecía a Rosita, pero en feo. Tenía los mismos ojos, aunque empequeñecidos por la mucha carne que los rodeaba. La barriga, o el estómago, no lo sé bien, le sobraba y le salía por encima del cinturón con que se sujetaba los pantalones. Empezó a hablar, y hasta que llegó su hermana, una hora más tarde, no paró. Estaba metido en política, era enemigo del gobierno establecido, así como del rey y de todos sus ministros. Para Enrique, lo único honrado que había en el país eran los obreros y los estudiantes de Universidad. Yo le interrumpí para preguntarle si pertenecía a alguna de aquellas clases y me contestó rápidamente que no, para su desgracia, que no era ni siquiera bachiller, pero eso no le impedía gritar como los demás y hacer bulto con ellos. «Tú —me dijo— sirves como periodista a un grupo de enemigos, pues supongo que lo serán el dueño o los dueños de tu periódico. Estás en el caso del obrero que trabaja en la fábrica de su propio enemigo. La necesidad de vivir os justifica, pero tú eres, además, estudiante.»

Entonces recordé mi actuación como estudiante y periodista en aquella Universidad del norte a la que había pertenecido y en la que había aprobado unas cuantas asignaturas de la carrera de Derecho. Recuerdo, y recordé entonces, que involuntariamente me había alineado con los amigos de Enrique al hacer la crónica de la apertura del curso, en la cual un estudiante, que se había abrogado la representación de los demás, había hecho un discurso convencional, y yo me había metido con él. Le conté el episodio a Enrique, que escuchó mi relato complacido y me dijo al final: «Tú eres de los míos.»

Sus últimas palabras coincidieron, más o menos, con la llegada de Rosita. Entonces, Enrique, puesto en pie, le preguntó a su hermana que qué iba a tomar; ella le dijo que un café y él, entonces, me pidió los papeles que acreditaban mi gasto y el suyo, lo pagó todo y le dijo al camarero que cobrase, además, el café que iba a tomar su hermana; sólo entonces se marchó diciendo «Hasta luego» y mirando a su hermana significativamente. Aún estuvo un ratito en la puerta hablando con el camarero.

Me senté al lado de Rosita. Ella traía un

cuaderno que me enseñó, quizá para probarme que venía de la academia y no de otro lugar. En aquel cuaderno escribía Rosita con una hermosa letra inglesa, muy distinta de la que usaba en sus cartas particulares. Me explicó que escribía al dictado de una maestra vieja y otras tonterías por el estilo, y, de una en otra, llegó al episodio de Santiago, donde la compañía quedó disuelta porque la dama joven se había marchado con un tipo a Villagarcía, quedando el figurón con un palmo de narices y un puesto en la compañía difícil de cubrir. «Fíjate tú si no podía ocupar yo esa plaza, que me sabía de memoria todos los papeles de la primera dama y era más guapa que ella, aunque no mayor, porque ella se acercaba a los treinta y tú bien sabes los que tengo yo.» El caso fue que el figurón les pagó el billete hasta Madrid, un billete en tercera, y un viaje largo. Llegaron como es de suponer: hambrientos y con todos los huesos doloridos. Los chicos y las chicas se acomodaron donde pudieron; ellas, es decir, doña Rosa y Rosita, entraron en una pensión donde eran bien conocidas. Pagaban cuando podían y, además, trajeron a su hermano a vivir con ellas. Afortunadamente, doña Rosa encontró pronto acomodo en un teatro de Madrid. No le pagaban mucho: menos de lo que le correspondía por su talento y por el papel que desempeñaba, pero lo suficiente para hacer frente a su pensión y a la de sus hijos. Todavía podía permitirse el lujo de mandar a Rosita a la academia.

—Ya habrás adivinado que vas a comer con nosotros.

—Yo pensaba invitarte.

—Lo suponía, pero mamá nos encargó que te llevásemos aunque tú no quisieras, nos lo encargó varias veces, a mi hermano y a mí. Ella ya sabía que un rato habíais de quedar los dos solos, y otro rato nosotros, como estamos ahora. Mi madre está libre de prejuicios.

Vivían en una pensión cercana. Por primera vez subí la escalera ancha de madera y ladrillos que nos llevó a un piso primero de amplios pasillos enlosetados, blanco y rojo, y techos más bien bajos. Varias puertas oscuras abrían a aquel pasillo, adonde no llegaba el calor de la calle. A una de esas puertas llamó, con los nudillos, Rosita. Alguien, desde dentro, gritó «¡Adelante!». Era una voz de mujer, era una voz que yo bien conocía. Rosita abrió la puerta y entró. Doña Rosa, sin medias, se daba aire. Cerca de ella, una cama, no demasiado ancha, que alguien acababa de abandonar; arrimada a un rincón, una camita más estrecha y pequeña, cuidadosamente hecha y cubierta ya con una colcha. Las atribuí a la madre y a la hija. Olía a sudor y a pachulí, una mezcla fuerte que me detuvo junto a la puerta. Dije buenos días y me arrimé a la pared. Rosita se acercó a su madre y le dijo:

—¿Aún estás sin vestir?

Pero la madre no le hizo caso. Se levantó de la silla donde estaba y así, en camisón, se acercó a mí. Yo, instintivamente, retrocedí, porque aquella mujer olía mal: el olor fuerte a sudor y a pachulí procedía de ella, la envolvía como una aura, la anunciaba.

—¿Nunca has visto a una mujer en camisón? Pues ya va siendo hora, señorito, ya va siendo hora. Porque ya tendrás diecinueve años, digo yo. A los diecinueve años, en mis tiempos, muchos hombres se casaban o, por lo menos, tenían cierta práctica de mujeres, y no se asustaban como tú por ver a una vieja en camisón. ¡Una vieja, he dicho una vieja!

Se vistió como pudo una bata ligera, que debía de parecerle mucho dado el calor que hacía y las varias veces que miró y remiró lo que estaba colgado en un armario de pino que había por cualquier parte, un armario que olía a naftalina. Dije que se vistió como pudo, porque Rosita intentó taparla y, ella misma, escabullirse. Pero fue inevitable que yo le viera alguna parte de las que no debía mostrar. Se puso unos zapatos de rafia con las piernas sin medias, pegó un salto y dijo:

—¡Ya estoy! Ya podemos ir.

En el comedor no había todavía comensales. Nos sentamos ante una mesa para cuatro, y a la criada que se acercó doña Rosa le dijo que su hijo vendría luego. La criada, o más bien criadita, era una madrileña joven y espigada, no demasiado bonita, ni aun lo suficiente para no llamar la atención. Pero se movía con garbo. Nos trajo una sopera de metal de la que nos sirvió lo que quisimos de lo que en Madrid llaman

142

«judías blancas», que son como las «fabes» asturianas guisadas de otro modo. Aquéllas estaban guisadas de otro modo, pero ¡vaya usted a saber si el modo típico de ponerlas los astures no se habrá traspasado al centro de la Península! En esto llegó Enrique, y antes de acercarse se entretuvo un rato con la criadita. Doña Rosa procuró llamar mi atención, distraerme, ¡qué sé yo!, pero todo fue inútil porque yo no solamente había advertido todos los pasos de Enrique, sino que en aquel comedor vacío se oían sus palabras aunque fueran dichas a media voz. Tiró un pellizco a la chica con el mayor descaro y se acercó a la mesa. Mientras se sentaba nos dijo:

—Ésta no ha caído todavía, pero caerá. ¡Ya lo creo que caerá!

CAPÍTULO XVII

—Podías acercarte de otra manera a la mesa. Por lo pronto, saludar a tu madre.

Pero Enrique no le contestó. Se dedicó a las judías blancas que acababa de servirse. Todos comimos en silencio aquellas judías y la carne que vino después, que estaba dura como una piedra, buena para mi dentadura impecable, mala para la de doña Rosa. Nos trajeron de postre una mandarina. Después de comerla cuidadosamente, Enrique se marchó.

—Os espero en el café —dijo.

No añadió en cuál, pero debieron de entenderle porque no le preguntaron nada. Cuando Enrique desapareció comenzó el interrogatorio que me hizo doña Rosa. Primero todo lo referente a mi situación personal: que cuánto ganaba, que si había venido a Madrid en segunda o en primera, que si había encontrado pensión y que cuánto pagaba por ella. Después fueron las

144

cuestiones en relación con mi familia: que qué era mi padre, que a cuánto ascendería el capital de mi madre, que si la casa donde vivíamos era o no era nuestra... preguntó algunas cosas más, todas referentes a lo mismo: que cuánto ganaba mi padre, que si era rico por la familia.

El comedor, que no era grande, se había llenado de gente. Rosita sugirió que podíamos ir al café, que ella pagaba. Doña Rosa no le preguntó que de dónde sacaba las dos pesetas o los diez reales que le costaría el café de todos, el de su hermano incluido: lo dio por sabido y por bueno. Fuimos hasta el café, que quedaba cerca, como antes dije, y fuimos en fila, buscando cada cual la protección de la sombra estrecha que arrojaban las paredes. Lo malo fue cuando tuvimos que atravesar la calle para llegar hasta la Puerta del Sol: el asfalto hervía y yo a poco pierdo un zapato que se me había pegado al suelo.

Por fin llegamos al café, que estaba medio vacío. Enrique, instalado ante una mesa redonda, se había quitado la chaqueta y charlaba con el camarero. Delante de él quedaban los restos de un café frío. Nos sentamos los tres en silencio, cada cual pidió lo suyo: ellas, frío; yo, caliente. Hablamos del calor que hacía. Enrique se marchó en seguida, sin hacer intención de pagar. También doña Rosa se levantó y llamó al camarero, pero pagó Rosita, quien preguntó a su madre si se iba ya. Doña Rosa le respondió que sí, que se iba, que tenía que ensayar con aquel viejo que le daba la réplica y que jamás se sabía el papel. Le llamó mastuerzo o algo parecido. Como despedida, se dirigió a Rosita, pero sin dejar de mirarme, y dijo algo así como «Os dejo solos, espero que no hagáis ninguna tontería. No te olvides —fueron sus últimas palabras— de que a las seis en punto bajaré a merendar». Se marchó. Con ella se fue parte del olor a sudor y a pachulí que nos había envuelto durante todo aquel tiempo; pero el olor tardó un poco más en irse del todo, unos pocos segundos, uno o dos. Por fin quedamos solos Rosita y yo. Ella guardaba la vuelta en su pequeño bolso de paja después de haber dejado en el plato unas perras como propina.

—Yo tendría que ir a la central de telégrafos. Espero un giro.

—Te acompañaré. Está aquí cerca.

Rosita se levantó. Yo la seguí. Salimos del café, pasamos a la acera de enfrente, entonces en sombra. Rosita se cogió de mi brazo y echamos Alcalá abajo. Muy pronto, ella se detuvo.

—Es aquí.

Habíamos llegado a una plaza redonda a la cual daban varios edificios, yo supuse que importantes. En medio de la plaza, dos leones tiraban de un carro donde iba una mujer recostada. Me quedé mirándola.

—Eso es la Cibeles —me dijo Rosita.

—Ya, ya...

Sin soltarme subimos la escalera de un gran edificio, lleno de pirulitos. Penetramos en un vestíbulo oscuro y fresco, más oscuro y más fresco

146

que el exterior, donde, a aquellas horas, el sol deslumbraba y ardía. Busqué con la mirada el rótulo en que pusiera «Lista de Telégrafos», y allí me dirigí, sin soltarla a ella. Efectivamente, mi madre me había girado algún dinero, creo que veinte duros. Pero no podían pagármelos si no me identificaba. No llevaba conmigo la cédula personal ni la había tenido nunca. Pero Rosita sí la tenía y tenía también un carnet, no sé de qué, pero que llevaba su retrato: algo más esmirriada aquella cara ahora redondita, pero no tanto que no pudiera reconocérsela. Así, se identificó y luego me identificó a mí. Por fin cobré mis pesetas. En todo aquello tardamos bastante tiempo. Salimos de Telégrafos: era casi la hora en que Rosita había quedado citada con su madre. Yo no me aparté de ella. Fuimos a un café, frente al teatro en que doña Rosa trabajaba. Se llamaba el Spiedum, palabra que nunca supe, ni entonces ni ahora, lo que significaba. Quizá en Londres, en París o en Nueva York exista un lugar que se llame igual y del que aquél hubiera tomado su nombre. No sé. Rosita y yo entramos allí y ocupamos un lugar muy visible cerca de una ventana. El café estaba vacío. Se nos acercó un camarero y preguntó qué iba a ser. Rosita me miró con sus grandes ojos, como preguntándome a qué la convidaba.

—Lo que quieras. Soy rico, como sabes.

Ella se dirigió al camarero:

—Un café con leche y un bollo.

Yo pedí lo mismo y el camarero volvió, al

cabo de un rato corto, con lo pedido. Yo hice lo mismo que Rosita para no quedar mal; es decir, partí el bollo, lo fui mojando en el café con leche y lo fui comiendo. No pronunciamos palabra, pero Rosita me miraba, me miraba y yo la miré también. Quedamos como dos tontos mirando el uno para el otro, y las tazas sin terminar. Creo que pensábamos en lo mismo, pero doña Rosa nos había advertido que no hiciésemos ninguna tontería. ¡A saber a lo que llamaba ella una tontería! Rosita dejó de mirarme y miró hacia la calle a la gente que pasaba: hombres y mujeres, chicos y chicas, algún que otro niño. Al poco rato llegó doña Rosa: la vi salir del teatro por la puerta principal, cruzar la calle, entrar en el café. Llegó hasta nosotros sin ninguna ceremonia. Con ella llegó el olor mezclado de sudor y pachulí, pero no tan fuerte como antes. Miró y remiró lo que habíamos tomado, olió fuerte, y dijo al camarero que se acercaba:

—Yo quiero lo mismo, sí, sí. Café con leche y un bollo, ¿me oyó usted bien?, café con leche, mitad y mitad, el bollo bien tostadito. No se olvide.

El camarero se retiró, y doña Rosa se quitó el sombrero, que colgó de una silla.

—¡Uf! No sabéis el calor que hace ahí fuera. Al cruzar la calle creí que me moría. Este chisme me sobra, vosotros diréis que para qué me lo pongo. Pues yo os respondo que para atravesar la calle, nada más que para atravesar la ca-

148

lle. La gente te mira y se da cuenta de si llevas sombrero o no. Una mujer como yo, vieja ya y de cierta clase, tiene que llevar sombrero aunque le pese, y ese pese no es de pesar, sino de peso. Quiero decir que el sombrero me pesa con el calor. Así que con el próximo dinero que me sobre me compraré uno más ligero que éste, de paja o cosa así. He visto uno muy bonito en un escaparate, pero me faltaba una peseta para poderlo comprar.

Llegó el camarero: traía en una bandeja el café con leche servido y, en otro plato, el bollo. Doña Rosa no esperó a que se lo pusieran delante: lo cogió ella misma de la bandeja con aquellas sus manos tan finas, de las que no se había quitado los guantes. Partió el bollo y se puso a comerlo, mojado, sin dejar de hablar, pero pidiendo perdón por hacerlo con la boca llena. Empezó a explicar lo que era para ella faltarle una peseta, que no era exactamente faltar una peseta, sino faltarle después para ciertas cuentas y ciertas hipótesis que explicó por lo menudo. Habló mientras le duraron el café y el bollo. Después, cambió de repente.

—¿Quién paga esto?

Me adelanté a decir que había invitado yo y que yo pagaría.

—Es lo menos que puedes hacer. Ahora nos vamos. Rosita tiene que venir conmigo, ya sabe ella por qué: me tengo que cambiar de ropa catorce veces y ella me ayuda. Tú puedes ver la función si quieres. Entras con nosotras y la ves gratis. Si no te apetece, te vas a callejear por ahí, a ver las chicas, que buena falta te hace, con esto del calor van bastante desnuditas, no como nosotras que andamos con las mismas batas que en el invierno. Esta noche no nos veremos, porque cenamos en el teatro, entre función y función, salvo si quieres irte ahora y venir luego, a la función de noche. Pero, ya lo sabes: nos acompañas hasta la pensión y tú te vas a la tuya, que está bastante cerca, si es cierto lo que me has dicho, que está ahí al lado, en la calle de la Montera.

Se puso en pie y me miró fijamente.

—Me voy al teatro, que aún tengo qué hacer. Tú, Rosita, pasarás con él, dentro de un rato que no sea muy largo: el tiempo que tarde en pagarnos las meriendas, ¡qué bueno estaba el bollo!

Se puso el sombrero sin mirarse al espejo y salió hacia el teatro. Yo llamé al camarero y pagué la cuenta, que no era mucho. ¡Nunca me salió más barato convidar a aquellas mujeres! Después fui hacia el teatro con Rosita. Hablábamos de cualquier cosa, quizá del calor que hacía, quizá de otra bobada. En la puerta del teatro me dejó solo y se fue a hablar con el portero; el portero me miró una vez, otra vez, y acabó sonriendo. Rosita volvió hacia mí, me cogió del brazo y me metió por la puerta. Me dejó en el patio de butacas.

—Siéntate donde puedas, mejor en las filas de atrás que no habrá nadie. A esta hora viene poca gente, seis o siete filas de butacas. Hace calor, ¿verdad? Vete cuando quieras. Ahora nos despedimos hasta mañana. Mañana, a las doce, te espero en el café, el mismo que hoy, lo mismo que hoy, pero sin mi hermano. Después ya veremos. Mi madre me deja libre después de la academia, y hasta me dejará comer contigo si tú me invitas. La única condición de mi madre es no hacer ninguna tontería, y en eso que ella llama tontería no pensamos ni tú ni yo.

Recalcó fuerte lo de ni tú ni yo. Le hubiera dicho que se equivocaba, que yo pensaba en aquella tontería, pero callé la boca. Rosita se fue, yo me senté en una de aquellas butacas de la penúltima fila, donde estuve solo. La gente empezaba a entrar. Lo que dijo Rosita: seis o siete filas de butacas, pero la función se realizó como si estuviese el teatro lleno. Yo aplaudía cuando aplaudían los demás, sin gran entusiasmo, lo confieso. Las chicas del coro no podían gustar a nadie, ni siquiera entretener la mirada: era una colección de piernas desiguales que se movían al mismo ritmo, que se doblaban o se estiraban según la música lo iba mandando, pero nada más. Había un actor cómico que tenía bastante gracia, pero era una gracia gruesa. Por ejemplo: pasaba la primera actriz con un traje muy ceñido, marcando mucho las formas; entonces el actor cómico roncaba, abría la mano, seguía a la primera actriz como si fuera a darle un azote, pero al final no le daba nada y el público se reía mucho y le

151

aplaudía. Ya dije que yo hacía lo que hacían los demás, aunque sin reír aquellas barrabasadas. La música era pegadiza, el público la coreaba. Pero ni aun así aguanté aquella revista, y en el intermedio, aprovechando que los hombres salían al vestíbulo a fumarse un pitillo, salí también, pero en vez de quedarme, como hacían los demás, seguí hasta la calle, donde se había preparado un atardecer fantástico, casi tan hermoso como los que había visto en mi tierra. Callejeé un rato por aquel lugar inundado de sol, y cuando vi que eran las nueve en un reloj de los llamados públicos busqué mi pensión, que se hallaba mucho más cerca de lo esperado, allí mismo, casi a la vuelta de la esquina, o al menos un poco más abajo. No había nadie en el comedor. Me senté en una mesa e hice una cena copiosa. Después, en mi cuarto, mientras fumaba dos o tres pitillos, pensé sobre mí y mi situación. Recuerdo que decidí marchar al día siguiente en el tren de la noche, del que se sabía la hora de salida pero no la de llegada. Todavía pensé si me quedaría en casa o iría a dar una vuelta. No me faltaban ganas de hacerlo, de andar un poco a la aventura, de hacer caso a alguna de aquellas voces que ya había oído a mi paso cuando regresaba a la pensión. Lo pensé largamente y hasta me acerqué a la puerta misma: creí que había llegado el momento oportuno de hacer una visita a tía Dafne; pero aquella visita me obligaba a reformar mis planes, sobre todo en lo referente al via-

je que pensaba hacer al día siguiente. De modo
que no pasé de la puerta: volví sobre mis pasos
y lo que hice fue acostarme. Así transcurrió mi
primera noche madrileña que era además la
última.

CAPÍTULO XVIII

Cuando me desperté era casi la hora de mi cita con Rosita. A mi alrededor había varios cadáveres, unos encima de la almohada, quizá llegasen a tres, y otros, debajo, que apenas llegaban a dos, y digo apenas porque uno casi no se veía. Me levanté corriendo, me vestí como pude y salí hacia el café. Rosita no había llegado todavía, había mucha gente, y me fue difícil encontrar una mesa vacía.

Pedí un café con leche. Casi lo estaba terminando cuando llegó Rosita, pero no vino directamente hacia mí, sino que se paró varias veces en esta mesa y en la otra, con esta persona y con la otra, hombres y mujeres a los que mostraba conocer. Por fin me tocó el turno: se sentó a mi lado. Antes de decir nada se abanicó un rato con el sombrerito que traía puesto y que se había quitado al entrar.

—A todos los conozco. A ellos y a ellas. Fueron mis compañeros. Ahora son los que quedan sin contratar. Vienen aquí porque saben que hoy vendrá el representante y quieren que los vea, y hasta que les hable, como lo hice yo, preguntándole a cada uno: ¿trabajas tú?, ¿aún no trabajas?, ¿tienes algo a la vista? ¡Los pobres! No creo que a ninguno de ellos le sobre una peseta. Alguno no habrá tenido ni para el café. ¡Fíjate tú lo que son dos reales! ¡Pues nada, ni siquiera eso! ¿Y tú? ¿Cómo te va?

Le respondí que bien, que había dormido toda la noche salvo al principio, durante mi pelea con las visitantes nocturnas, alguna de gran tamaño. Cuando yo lo describía, Rosita hizo un gesto de asco.

—Ya ves, en mi pensión no pasan esas cosas. Comeremos todos los días lo mismo, pero podemos acostarnos tranquilamente, sin miedo a visitas desagradables.

Se acercaba el camarero. Rosita pidió un café solo. Cuando yo hube pagado se levantó y me cogió del brazo.

—Vente conmigo, que te voy a llevar a un sitio donde puedes convidarme sin que te salga caro.

Salimos y fuimos por mi calle, pero hacia la mitad, junto a una iglesia, nos metimos y llegamos a una plaza, atravesamos una calle importante y nos encontramos en otra. Rosita me explicó que se llamaba de la Abada, es decir, de la hembra del hipopótamo o del rinoceronte, no lo recuerdo bien. Entramos en un portal, frente a la casa donde alguien ensayaba a una mujer que, probablemente, acabaría en mi pueblo, en el mismo café donde a tantas otras había visto. La mujer cantaba una canción picaresca, y alguien la acompañaba con el piano.

> *Si con el pijama me meto en la cama,*
> *¿qué me pasará?*
> *Si mi maridito se pone nervioso,*
> *¿me lo romperá?*
> *Y espero que ustedes me den su opinión,*
> *si debo o no debo llevar pantalón.*

Por un momento imaginé a la caterva de marineros que acudían los domingos, vociferando que sí, que se lo quitase; pero fue sólo un momento. Rosita tiraba de mí hacia una escalera por la que subía y bajaba alguna gente. Paramos en el primer piso frente a una puerta, que ella empujó y se abrió sin ruido: daba a un comedor lleno de mesas y de gente.

—Pues mira, hemos llegado tarde. ¡Y yo que creí que veníamos temprano! Hay que esperar un poco, pero será poco. La gente, aquí, se marcha en seguida.

Me empujó hacia la pared. Yo me arrimé, creyendo que iba a esperar largo rato, pero sólo pasaron unos segundos cuando de una mesa cercana se levantaron dos comensales. Rosita se acercó a la mesa, dijo algo a uno de los que quedaban, éste cambió de sitio, y yo pude sentarme junto a ella, cerca de un caballero de muy buen ver con el pelo gris y un terno muy gastado, pero de excelente corte. Terminaba su sopa y lo hacía llevándose a la boca la cuchara de una manera finísima.

—No hay en todo Madrid más que un solo restaurante que sea más barato que éste. Es baratísimo, pero tiene la desventaja de que se come muy mal. Aquí lo hacen mejor, uno puede aprovecharse sabiendo la hora a la que hay que venir y lo que hay que pedir. No se te ocurra lo que a ese que se va ahora mismo, que pidió un bisté a caballo, por lo que te dan un plato de buenas patatas fritas con un huevo y un bisté incomibles. Nosotros vamos a pedir la sopa y el cocido. Te costará una peseta con veinticinco céntimos cada uno. El pan no lo racionan, y de postre te dan una naranja o un trozo de membrillo.

Se acercaba un tipo con un cuaderno en las manos. Me preguntó que qué iba a ser y yo le dije que dos de sopa y dos de cocido, y le pagué; le pagué allí mismo, por adelantado, que es como deben hacerse las cosas, según me daba a entender Rosita con su sonrisa.

—¿Y vino, no van a tomar? Son veinte céntimos más.

Yo se los di. El tipo los metió en una cartera que traía sujeta a la cintura, adonde también habían ido a parar las dos cincuenta de la comida.

—Ahora mismo se los traigo. ¿Usted cómo lo quiere? ¿Tinto? Y usted, señorita, blanco si no me equivoco... Ya lo decía yo, lo decía para mí: estos dos quieren vino: ella, blanco; él, tinto. Ahora se lo traigo.

Salió hacia la cocina y regresó en seguida con dos platos de sopa y dos vasos de vino, todo en equilibrio, que no sé cómo lo traía. Dejó un plato de sopa delante de cada uno y el vino blanco y el tinto sin equivocarse; después se marchó sonriendo.

—Que aproveche —dijo.

Rosita no había parado de reír. El señor finolis cogió su plato de sopa vacío y se acercó a una ventanilla donde lo cambió por otro lleno de garbanzos con unos cuadraditos encima: uno era de tocino; otro, de carne, y un tercero, de chorizo, o lo que fuese, pues no llegué a verlo: el señor finolis se deshizo de él en el camino. Pero yo ya sabía qué hacer cuando terminásemos la sopa. Rosita seguía riendo, pero me di cuenta de que al mismo tiempo que reía engullía la sopa con verdadera ferocidad, cosa que no me pasaba a mí, a quien el café había quitado las ganas de comer. Devolví mi plato, casi lleno, tapado o casi, disimulado por el vacío de Rosita; cambié los platos de sopa por otros de cocido, y entonces pude ver aquellos cuadrados de los que el finolis se había deshecho: simulaban algo de la familia del chorizo, pero no se sabe lo que eran. Distribuí los platos mientras miraba al finolis. Éste me sonrió.

—Al suelo, pues, con ellos. Vale más resbalar en un trozo de grasa, que es lo más que será eso, a morir de un entripado, que es lo que me da miedo de meter eso entre pecho y espalda. Hágame caso y tírelos también.

Rosita me miró cuando vio que le arrebataba de su plato aquel cuadrado misterioso, de un rojizo tirando a pardo, que casi no se sabía lo que era.

—¿Por qué me llevas eso? Es lo más rico del cocido.

Yo señalé al finolis.

—Aquí, el caballero, no lo aconseja.

Se hizo un silencio repentino durante el cual no se oyó más que el ruido de las cucharas y los tenedores contra los platos. Fue al final de ese silencio cuando el finolis dijo:

—Señorita, usted puede decir que es lo más rico del cocido y, efectivamente, es lo que tiene sabor más fuerte y más punzante. Es por el pimiento que lleva, que es lo único que he podido identificar de ese amasijo de no sé cuántas cosas ni sé qué cosas. Lo mismo puede ser sebo que tocino, pero el tocino auténtico, el que no puede falsificarse, es ese otro cuadradito que tiene usted ahí, ese que es pura grasa, que con el otro cuadradito, el de la ternera o la vaca, constituyen la única parte comestible y digestible de cuanto nos dan aquí. Coma usted sin miedo el tocino, coma usted sin miedo la ternera, la vaca o lo que sea, si sus hermosos dientes son capaces de masticarla, pero con el tercer cuadrado, ese que se parece al chorizo, haga lo que yo hice: tírelo y que se lo coman los perros, ya verá usted cómo los mismos perros se niegan a comerlo. Se lo digo porque yo hice la prueba.

Vi cómo Rosita, con la mejor de sus sonrisas, tiraba al suelo el sucedáneo de chorizo. Yo hice lo mismo, y coincidimos al darle las gracias al finolis, el cual no dijo nada, terminó de pelar su naranja, se la comió y se marchó diciendo:

—Buenas tardes y buen provecho.

Rosita y yo habíamos comido los cuadraditos de ternera y de tocino, ya habíamos empezado, cuando se marchó el finolis, con los garbanzos. Los terminamos en silencio.

—No me traigas naranja, estoy harta de naranjas, todos los días me las dan en la pensión. Tráeme dulce de membrillo y para ti lo que quieras, aunque hay poco donde escoger.

Me levanté, entregué en la ventanilla los platos del cocido y pedí dos de membrillo. Uno se lo puse delante a Rosita. En el sitio del finolis se había sentado un cabo de infantería muy afeitado y muy pelado, que nos dijo «buenos días» y pidió al de la libreta un bisté a caballo; Rosita y yo terminamos nuestros membrillos y nos fuimos. En la escalera, ella me cogió del brazo. Yo no sabía bien si era el mínimo agradecimiento por la comida que le había regalado o una señal de afecto. Me convenía más esta segunda impresión: me quedé con ella. Ya en la calle, y apretando el brazo un poco más, Rosita me dijo que había quedado con su madre y que no me convenía ir. No me dijo por qué ni me dio la menor explicación; simplemente se soltó y se fue por una calle lateral. Desde lejos me dijo que media hora antes de salir el tren ella acudiría a la estación. Yo entonces lo tomé por la cosa más natural del mundo. Me fui a mi pensión, donde arreglé mis cuentas. Dejé las maletas junto a la puerta, tomé un café en algún sitio que había enfrente, y aunque le saqué todo el jugo de tiempo que da de sí un café, me quedó un buen rato para vagabundear y para llegar al tren cuando aún no había llegado nadie. Acomodé la maleta y me dediqué a pasear por el andén que se iba llenando de gente. Media hora antes llegó Rosita. Me buscó. Al dar conmigo, primero dijo esas tonterías que se dicen cuando alguien se va de viaje; pero luego me cogió del brazo otra vez y se acercó mucho a mí.

—Tengo que hablarte.

—¿Aquí, en medio de tanta gente?

—En medio de tanta gente es cuando uno se encuentra verdaderamente solo. Lo dicen en alguna comedia, yo lo aprendí de allí y ahora te lo repito: en medio de tanta gente es cuando tú y yo estamos verdaderamente solos. A la gente que pasa y a la que está quieta no le importa lo que tengo que decirte. Nos importa a nosotros, no a la gente que nos rodea. Lo que tengo que decirte es muy sencillo: tú me gustas, pero no le gustas a mamá. Dice que si me casara contigo ella tendría que seguir trabajando y lo que quiere es un yerno que la quite de esos teatros de Dios y la devuelva a lo que fue y ahora dejó de ser: una gran señora.

El tren echaba a andar. Yo me subí en marcha y desde el estribo le dije:

—Adiós, hasta la vista.

Entonces ella besó dos veces su mano y sopló los besos hacia mí. Yo los recibí, uno en cada mejilla. Aún me queman.

CAPÍTULO XIX

Me encontré con que en mi casa quien mandaba era mi cuñado. No mi hermana, como yo me temía, ni mi madre, por supuesto, sino aquel tipejo rico al que le iban bien los negocios, que se había casado con mi hermana por presumir en el casino de que vivía en una casa con torre.

—Y créame usted, señor Fulánez: la pared de la torre tiene más de un metro de espesor y la escalera va por dentro. Yo no digo que la escalera sea una gran escalera, sino que hay que ir medio de costado. Pero es una escalera que va por las paredes de la torre, tiene una trampa en cada descansillo, que ahora no se usa, claro está; pero en los tiempos de los bandidos debieron de enviar a alguno a los infiernos; ya lo creo que entonces servían para algo esas trampas a que me refiero. Ahora están cerradas y no enviamos a nadie al infierno, al menos directamente, porque en la torre no se refugia toda la familia como antaño, de miedo que se tenía a los bandidos. Ahora no. Ahora ya no hay bandidos y lo que se guarda en la torre son las manzanas y las mazorcas de maíz, manías de mi suegra, más o menos, no de mi mujer ni de un servidor de usted, Sabino Martínez, para servirle, importador de vinos. ¿No oyó nunca hablar de mi casa? Importo vinos para el consumo local, los exporto a Inglaterra y a los Estados Unidos. Un buen negocio, créame, este de la importación y exportación. Para eso necesito quien me lleve la correspondencia en inglés, porque aunque en Londres y en Nueva York tengo corresponsales españoles, a veces llega una carta en otro idioma y hay que contestarla, ya sabe usted lo que son esas cosas.

Mi cuñado Sabino no sólo mandaba en la casa, sino también en mis asuntos privados. Por lo pronto eran suyos los veinte duros que recibí en Madrid, girados, al parecer, por mi madre. Pero, además, se había apropiado de mi habitación antigua: habían hecho allí una chafarrinada moderna, y a mí me relegaron a un rincón donde me instalé con mis maletas y mi camastro. No tuvo nada de extraño que el mismo día de mi llegada, después de visitar al director del periódico, al que dije que iba a pasar el verano, recayera en el café cantante de mis añoranzas, donde ahora era la Iris la que triunfaba como reina: tenía un par de trajes nuevos, de telas muy ligeras, que iban muy bien con el calor del mediodía y primeras horas de la tarde, no tan

bien con el fresquito que empezaba al anoche-
cer y que venía de la mar, y francamente mal
cuando llovía, pero para estos casos la Iris se
había comprado un impermeable ligero. Me lo
enseñó la primera noche y me dijo que a las horas en que ella se retiraba, es decir, de madrugada, fuera sola o acompañada, siempre arreciaba
el tiempo y aquel impermeable, que parecía tan
ligero, le hacía mucho bien, fuese sola o acompañada: esto lo recalcó dos o tres veces, hasta
que yo me di por enterado: la Iris, a veces, tenía
quien la acompañase; aquella noche, casual-
mente, carecía de compromiso. Lo haría barato
para un amigo como yo que venía de fuera y tenía, además, buena fama. A la Iris le gustaban
los colchones blandos. Pero eso lo comprobé
inmediatamente: la hice esperar, hasta que fue
bajando el precio de sus servicios. Mientras tanto surgieron dos episodios: el primero, cuando
la Iris me confesó que mi cuñado la visitaba
una vez por semana y hacía con ella lo que no
se atrevía o no podía hacer con mi hermana; lo
segundo fue el episodio de la cantante: aquella
noche, desde la terraza del café oí una voz conocida que cantaba una canción conocida: era
la misma que había oído días atrás en la calle
de la Abada de Madrid, acompañada al piano
no sé por quién, sólo que había corregido el
verso, y donde el original decía «nervioso»,
aquella zorra que yo no había visto jamás decía
«cachondo». Fue entonces cuando entré en el
café, a punto de conocer la reacción de los ma-

rineros ante la interrogación final del estribillo de la canción, pues no se producía la unanimidad de la respuesta, como yo había supuesto, sino que unos decían que sí, que se quitase los pantalones, y otros decían que no, que no se los quitase hasta que él se los quitara. La tía que cantaba aquello se había acogido a un rincón, donde se moría de risa, y con voz apenas audible decía:

—¡Poneos de acuerdo y que hable uno solo!

Pero ellos no se ponían de acuerdo y cada vez chillaban más; de los chillidos pasaron a los improperios, y de éstos a los insultos, hasta que la pobre chica, harta ya, se refugió tras la cortina. Poco a poco, el tumulto fue bajando hasta que se oía la risa de la Iris, que se reía sola. Yo la mandé callar, ahí empezó mi mal, pues ella vino hacia mí, se me cogió del brazo, me dijo que no tenía compromiso y que lo podíamos pasar juntos, que si quería pagarle que le pagase y si no que no lo hiciera. Yo por fin le hice caso y ella me guió hasta la casa que había sido de la Amparo, hasta aquella habitación que yo tan bien conocía. Era torpona la Iris: yo no sé qué podía encontrar en ella aquel cuñado mío. Aunque quizá mi hermana fuese más torpe todavía. Pero el caso es que la Iris vivía de lo que mi cuñado le daba: unos duros por semana y lo que ella pudiera sacar. Todo esto me lo contó muy arrebujadita en aquella cama tan grande que había sido de la Amparo y que conservaba su colchón: un colchón blando, ya lo dije.

Por la Iris supe que la Amparo había pasado por allí, muy estirada y muy bien vestida. Se había casado con un emigrante rico que necesitaba de una mujer vistosa. Halló a la Amparo y la Amparo le dijo que sí, que bueno. La Amparo iba camino de La Habana con su marido, que era un buen tipo, muy resplandeciente. Yo les deseé desde lejos toda clase de felicidades, y atendí a la Iris, que era lo concreto.

CAPÍTULO XX

ME LLEGÓ UNA carta del director de mi periódico y pocos días después, dos o tres todo lo más, otra de Rosita. El director me escribía al periódico local, pero Rosita lo hacía a mi casa, y bien que presumía yo con aquel sobre largo en el cual venía mi nombre escrito con letra indudablemente femenina. Mi madre me preguntó si había estado en Madrid, y mi hermana le recordó que a Madrid me había hecho un giro telegráfico.

Rosita me contaba que seguía lo mismo, yendo por las mañanas a la academia, donde mejoraba la letra, por consejo de su madre, y me mandaba al reverso de la carta una muestra de lo mucho que había mejorado. De lo demás, ni pío: pero ya era bastante que se acordara de mí y me escribiese aunque fuese para darme tan escasas noticias.

El director me decía que todo iba bien, que el periódico vendía ciento cincuenta o doscientos ejemplares más, todo dependía del día; y que no quería perder el contacto conmigo pues había noticias de un proyecto que, si salía bien, me concerniría tanto como le concernía a él, que tuviese paciencia y, sobre todo, que no le preguntase, pues mi carta de respuesta tendría que enseñársela a alguien y era a ese alguien a quien sobre todo quería dar la sorpresa. Ese alguien era su mujer, supongo yo; en mi contestación le mandé para ella recuerdos y abrazos muy expresivos, no me atreví a poner besos por tratarse de una señora casada y por lo que pensaría su marido. De una manera o de otra, mi carta de respuesta era bastante expresiva. Se la mandé a su domicilio particular, para que ella, al menos, la viese, y la pasase por sus ojos antes de dársela. La mujer del director, que se llamaba Estrella y era gaditana, tenía los ojos muy bonitos.

La segunda carta del director llegó algunos días después, pongamos quince. Me daba noticias de todos los amigos, pero nada del asunto de que me había hablado, lo cual empezó a ponerme triste, pues imprudentemente había anunciado mi marcha próxima a Iris y a gente de por allá, de por el café, que era la única maleducada, la única que me preguntaría por qué no me había ido y patatín y patatán. En cambio, en mi casa no dije nada, y nada me preguntaron, hasta pasado un mes o quizá más, en que mi madre, muy diplomáticamente, me dijo si pensaba pasar todo el verano con ella, a lo cual le contesté que no lo sabía aún pero que ya se lo diría. Otro tiempo pasó, otro mes, mi madre no me decía nada, yo, con la mayor naturalidad del mundo, comía y dormía en aquella casa, que no era la mía, pero que lo podía ser; y en último término yo no pensaba ni en una cosa ni en otra; más exactamente, no pensaba en nada: imaginaba nada más: las largas cartas que le escribía a mi director y las largas cartas que le escribía a Rosita, cuatro o cinco a cada uno, durante todo el verano. El papel lo tenía de mi casa; los sobres, también, pero los sellos se los robaba a mi cuñado, porque había descubierto que los llevaba a montones en su cartera, y dos o tres que le cogía yo no los echaría en falta. Por si acaso se lo decía a la Iris. Por fin, mi director, al que llamaré en lo sucesivo don Rafa, comenzó a hablar en una de sus cartas de un vago proyecto periodístico en Madrid, que no dependía de él sino de otro y en el cual me convenía participar; pero no sabía todavía en qué condiciones. Yo le hubiera respondido con un poco de prudencia si no fuera porque aquel mismo día me llegó carta de Rosita en que me hablaba de que su madre le había presentado a un rumano, al parecer muy rico, que hablaba vagamente de formar una compañía «conmigo como cabeza y con mi madre como actriz de carácter», bien pagadas entrambas y con un repertorio nuevo. No sé por qué, pero se me metió en la cabeza que aquello era una petición de socorro, y entonces le escribí a don Rafa una larga carta en la cual le hablaba de mi disponibilidad para cualquier empresa, y que bien sabía lo escasas que eran mis aspiraciones: suponía que mi presencia, mi mera presencia quijotesca, le bastaría a doña Rosa para renunciar al rumano y a todas sus riquezas. Pero más adelante se verá lo equivocado que estaba. Por lo pronto, le escribí a Rosita diciéndole que la quería mucho y que esperaba casarme con ella, que tuviese paciencia, que yo pronto iría a Madrid. Eso mismo dije en la mesa de mi casa a la hora de comer, con las dos cartas en el bolsillo, que aquella misma tarde saldrían, para Madrid la una y para el norte de España la otra. Aunque pronto don Rafa dejó de vivir allí para trasladarse a la capital del país: esto fue, si no recuerdo mal, a principios de octubre, yo ya sabía a qué atenerme sobre mi futuro: iban a sacar un periódico, que saldría a la calle el quince de diciembre. Hasta el catorce, más o menos, debía yo permanecer en mi casa. Así lo anuncié, aquí y allá. Mientras tanto iba publicando cosas, en prosa o en verso, en el periódico de aquí. Unas veces me las pagaban; otras no. De todas formas, sacaba para el café de las tardes, sin pedirle un céntimo a mi madre, que era lo que más me fastidiaba. Por si acaso, siempre por si acaso, le escribí una carta a mi padre diciéndole que a lo mejor me iba junto a él. Mi padre me contestó a vuelta de correo, pero su respuesta era ambigua. Naturalmente, su carta pasó por tres pares de manos antes de llegar a las mías. Pero sospecho, por lo que pasó después, que sólo yo la había entendido.

CAPÍTULO XXI

DE REPENTE todo el mundo me dijo, de una manera o de otra, que yo debía trabajar. Primero fue una vaga alusión de mi cuñado durante la comida, y dio la casualidad, o lo que fuese, que el mismo día, o más bien el mismo atardecer, el director del periódico local, ante mis quejas de que tardaban en pagarme las últimas colaboraciones, me dijo que debía emplearme y que el sueldo que me pagasen me permitiría esperar con más tranquilidad a que la administración se acordase de mí o me llegase el turno. Poco después fue la Iris la que me preguntó, con aquel descaro y aquella inocencia que la caracterizaban: «Y tú ¿por qué no trabajas?» No supe qué responderle, pero el caso fue que pocas tardes después comió con nosotros una amiga de mi hermana, más joven que yo y más guapa que ella, que, probablemente, me ponían a tiro a ver si yo me encandilaba y me convertía en un buen muchacho local: es decir, que trabajase y que dejase de escribir aquellos versos y aquellos artículos que semanalmente me publicaba el diario local y que me habían granjeado cierta fama, no sé si buena o mala. Buena en ciertos ambientes y mala en los otros, en los respetables de la ciudad, en los bien vistos. Cometí el error de salir con aquella chica, que se llamaba Laura y era hija de algún amigo de la familia, además de amiga de Flor, para lo cual, para convidarla y quedar bien con ella, pedí dinero a mi madre. También Laura me preguntó por qué no trabajaba, de modo que fui con el cuento a mi cuñado y éste, al día siguiente, me dijo que ya estaba todo arreglado, que me presentase en tal sitio y a tal hora, que allí me esperaban. Le hice caso. La hora era las ocho de la mañana, lo cual me obligó a levantarme temprano, a desayunar, y a coger un tranvía. Mi trabajo era con un constructor, que me pagaría un duro diario, y consistía en pasar revista a los obreros que tenía en dos o tres obras que estaban a su cargo. El tío era más bajo que yo y bastante rechoncho, pero vestía bien, llevaba un bastón con puño de plata y un sombrero de señorito. Se llamaba don Jaime, pero me dijo que cuando estuviéramos a solas, es decir, cuando no hubiera delante ningún empleado ni ningún obrero, le podía llamar Jaime a secas. Me convidó a tomar café a eso de las once y me dijo que aprovechase todos los momentos en que no tenía nada que hacer, que eran muchos a lo largo de la mañana y uno muy prolongado por la tarde, para estudiar o repasar mis textos de Derecho, pues él había tratado con mi cuñado que, además de trabajar, estudiaría. Cuando salí del trabajo y esperaba el tranvía para regresar a casa acertó a pasar por allí Laurita, me dijo que tenía el coche cerca y que me llevaría. Lo hizo, pero antes dimos un largo paseo en aquel coche de dos plazas que entonces veía por primera vez.

—¿Tú no conduces?

—No.

—Pues yo te enseñaré. Luego sacas el carnet y le damos una sorpresa a tu hermana.

Aquella noche cené en compañía de todos, hice con ellos tertulia y me fui a la cama temprano. Noté que mi hermana y mi cuñado cuchicheaban, pero no me dijeron nada. Al día siguiente, a las ocho en punto, me encontraba en el tajo. Mis obreros habían abierto dos zanjas, que iban a ser el comienzo de los cimientos de un edificio y de una plaza en construcción. Poco después, hacia las ocho y media, llegó don Jaime, a quien llamé Jaime porque no había nadie delante. Se cogió de mi brazo y fuimos hacia la chabola delante de cuya puerta habían hecho una fogata, porque el día estaba frío aunque claro. Encima de la mesa, formada por unas cuantas tablas puestas sobre caballetes, estaban los planos del edificio y de la plaza, y en el rincón de un ángulo, mis libros de Derecho. Fui directamente a ellos e hice como que estudiaba pero, en realidad, tenía el oído puesto en lo que sucedía a mi alrededor. Don Jaime hablaba con sus empleados, sin quitarse el sombrero ni la gabardina. Les hablaba con voz desabrida, como quien habla desde arriba y no disimula en nada su superioridad. Después se fue, y los empleados quedaron cuchicheando. Yo me metí en mis libros, esta vez de verdad, y no me enteré para nada del humor ajeno. Cuando me di cuenta estaba solo en la chabola y eran cerca de las once. Fui a tomar mi café y regresé en seguida. A las doce se me fueron los obreros, yo les pasé lista. A las doce y cinco apareció Laurita toda pimpante en su coche de dos plazas y me dijo:

—Ha llegado tu profesora, de modo que el señorito va a dar su primera clase de conducir.

Me abría la portezuela. Yo me senté a su lado y ella me llevó fuera de la ciudad a un sitio donde era más ancha la carretera; allí recibí mi primera clase de conducir automóvil. Después me llevó a casa y me dejó junto al portón. Yo la invité a pasar, pero no quiso, con el pretexto de que era tarde y que la esperaban a comer.

A quien esperaban era a mí. Todos estaban de muy buen humor y me trataron muy bien. Quiero decir que me hicieron caso y en todo momento se portaron mejor que de costumbre. Mi propio cuñado me llevó al tajo, saludó a don Jaime, que estaba allí, como a un viejo y cordial conocido y luego se fue. Laura vino a buscarme a las seis, pero aquella tarde no dimos lección alguna. Me llevó lejos por esos caminos de Dios, y me dejó a la puerta de mi casa: era ya tarde, había caído el sol y parecía que una lluvia fina iba a ocupar la noche. Me dijo alegremente: «¡Hasta mañana!» En efecto, el día siguiente se presentó lluvioso, yo chapoteé un poco por el fango de los cimientos, que ya se iban cubriendo. Laura vino al mediodía y me dio su lección pero, por la tarde, me recogió a la seis y me llevó más lejos que el día anterior. Parecía muy contenta y extremaba su confianza conmigo.

El sábado era día de pagar: yo cumplí mi cometido, y pagué a cada trabajador lo que venía escrito al lado de su nombre en una lista que me dieron: hacían cola, y Laura también tuvo que esperar. Cual no sería mi sorpresa al comprobar que mi nombre venía también en el papel y que al lado de mi nombre figuraba la cantidad correspondiente a toda la semana, a razón de cinco pesetas diarias.

—Hoy no damos clase. Te convidaré a lo que quieras en el bar más caro de la ciudad.

Pero ella rechazó la invitación y me dijo que aquel dinero debía ofrecérselo a mi madre. Así lo hice, pero mi madre lo rechazó. Además, se lo dijo a mi hermana, y mi hermana aprobó que lo hubiese rechazado.

—Lo que tienes que hacer es convidar esta tarde a merendar a Laurita.

No tenía trabajo aquella tarde. Me fui al café, convidé a la Iris, que bien se lo merecía, y telefoneé a Laura. Quedamos para las cinco y algo. Me llevó muy lejos. A una taberna.

176

—Aquí podemos merendar.

Encargamos una tortilla de patatas que, por cierto, estaba muy buena; un poco de vino blanco para mí y una gaseosa para Laura. Cuando regresamos era casi la noche. Yo propuse que nos metiésemos en un bar, Laura aceptó. A la mitad del tiempo que estuvimos allí se me puso tonta; pero yo hice como si no me diera cuenta, pagué lo que habíamos tomado y me llevó a casa. Se había echado la noche encima y era ya la hora de la cena, para ella y para mí. De manera que se fue y me dejó hasta el día siguiente, que era domingo, en que la fui a buscar a mediodía.

—Creo que debes convidarla a comer —me dijo Flor.

La convidé cuando llegó la hora y la conversación que nos traíamos estaba a punto de acabarse. Hizo primero unos melindres, luego telefoneó a su casa y me llevó a un restaurante que yo desconocía pero donde ella era conocidísima a juzgar por cómo la llamaban, señorita Laura por aquí, señorita Laura por allá, señorita Laura, ¿qué va a ser? Ella fue la que eligió el menú, pero lo eligió bien, de manera que comí y bebí todo lo que me pusieron delante, y más que me hubieran puesto. Bien creí que tomaríamos el café juntos, pero ella se fue a su casa y me dijo que no fuera a buscarla antes de las seis; por lo cual me fui al otro café, al cantante, donde tenía la seguridad de encontrar a la Iris, que me estaría esperando. En efecto, la encontré; la convidé a tomar café y nos fuimos a su casa. Había tiempo de sobra: Laura me había dicho que a las seis, y a las cinco y media dejé a la Iris, y aun creo que le di una propina del dinero que me habían pagado. Ella me preguntó si estaba rico. Yo le respondí:

—Trabajo, ¿sabes?

No lo hubiera dicho nunca, porque la Iris me respondió que en lo sucesivo me cobraría todas las veces y que aquel dinero que le había dado era poco, tratándose de ella. Yo le di una peseta más, no sé si dos. La casa de Laura no estaba lejos. Llegué hasta ella, llegué antes de las seis, me encontré con que Laurita ya me esperaba, toda peripuesta. Se había cambiado el traje de la mañana y se había puesto uno de tarde, más propio de la estación y más abrigado, porque empezaba a hacer frío: venía un viento norte que se colaba por las rendijas del coche, daba sobre mí mismo, que no había tomado precauciones, y me hacía tiritar. Se lo dije a ella y entonces me llevó a mi casa, no sé si para cambiarme o para lo que hice, dejar la gabardina, coger un abrigo. Con él puesto me metí en el coche y entonces Laurita, por una carretera estrecha por la que unas veces se veía el mar y otras no, me llevó hasta un pueblecito marítimo que yo no conocía y cuya última parte de la carretera, tres kilómetros todo lo más, estaba cubierta por los rieles de un tranvía. O quizá fuera de un tren, ¡vaya usted a saber! Había un castillo viejo, medio derruido: Laurita dejó el

178

coche a la entrada, me hizo subir por aquellas escarpaduras hasta lo más alto y fue allí donde se produjo la comedia: ella me pidió que la ayudase a bajar de una tronera, yo la ayudé, pero no me soltó. Me creí obligado a apretar aquella mano fina que se demoraba sobre la mía, y retenerla. Ella quedó frente a mí y entonces le dije:

—¿Sí?

Y ella me respondió:

—Sí.

Ya estaba todo arreglado. Algún tiempo después ella misma me dijo que esperaba otra cosa de mí, más retórica, donde la palabra «amor» figurase dos o tres veces, a lo cual ella hubiera respondido, ya lo tenía pensado, con otra larga perorata, dándome largas al menos durante una semana, como era lo decente. Pero ante una pregunta escueta, como la que yo le había hecho, no cabía más que una respuesta escueta, el sí que me animó a seguir la comedia empezada. También se habló algo de versos, no lo recuerdo bien, quizá ella esperase que quien había publicado tantos en el periódico local hiciese su declaración en verso; pero no fue así, afortunadamente para el poeta y para quien había de recibirlos. De todas maneras cambió bastante mi estilo en sentido regresivo: ella no entendía bien los poemas modernos que yo le ofrecía; tuve que volver al pasado, al odiado modernismo, hacía ya tiempo abandonado. Así conseguí que Laurita entendiera mis poemas, que se emocionara con ellos, que me pidiera más. Pero como actividad puramente privada, sin nada de publicidad, sin nada de publicación, como cosa de ella para mí y de mí para ella.

Echamos a andar, carretera abajo, cogidos de la mano, hasta el coche de ella. Entonces, Laurita habló:

—Podemos ir a cenar. O a merendar aquí mismo. Yo sé un lugar... Métete en el coche.

Lo hice. Ella entró por el otro lado, puso el coche en marcha y me llevó hasta un restaurante, bajo y primer piso, que estaba casi a la salida del pueblo. O por lo menos, lo que era salida para nosotros. Pidió unos mariscos y una tortilla, vino tinto para mí y blanco para ella. Mientras tanto, yo pensaba que había empezado una nueva vida a la que tenía que hacer frente: con la verdad o con el engaño. Cuando llegué a esta conclusión me fijé en que Laura era bonita y tenía buena figura. Bueno. Ni Flor ni Sabino habían andado muy descaminados en la elección.

CAPÍTULO XXI

EMPEZARON A DECIR en la ciudad que don Lamberto Taboadas se había echado un novio y que ese novio tenía el mismo nombre y los mismos apellidos que yo. Hasta que me enteré de que Laurita era la única nieta de don Lamberto y la segura heredera de su enorme imperio industrial; como que Laurita era la hija única de la hija única de don Lamberto, por quienes éste sentía verdadera devoción, por decirlo de una manera suave, y no «verdadera pasión», que era lo que todo el mundo decía. Empezaron a salirme las cosas bien: don Jaime me daba coba y me decía que en vez de estudiar aquellos textos tan aburridos podía alargarme en los intermedios a beber a un bar cualquiera o a pelar la pava con mi novia si es que la tenía; del casino me mandaron un sobre muy abultado lleno de papeles para hacerme socio, en ello vi la mano de Sabino, que era de la junta directiva y no podía permitir que su cuñado, en el baile próximo, tuviera que llevar a su novia hasta la puerta y quedarse allí por tener ya la edad de ser socio y no serlo. Y a propósito de edad: los primeros días de noviembre cumplí los veinte años. Yo quería dar a mi madre la sorpresa de sacarme el carnet de conducir, y lo saqué, pero la sorpresa me la dieron a mí, porque, cuando entré en el patio de mi casa, junto al viejo Studebaker hallé un dos plazas nuevecito que mi cuñado dijo que no era suyo, de Flor tampoco y menos aún de mi madre, de manera que sólo quedaba yo. Efectivamente, me monté en aquel coche que estaba listo para todo y aquella tarde llevé a Laurita, no en el suyo sino en el mío, al pueblo aquel del castillo derruido donde nos habíamos hecho novios. Allí la convidé a cenar para celebrar de algún modo mi cumpleaños, veinte, nada más que veinte, y la llegada de aquel coche que me permitía invitar a mi novia a ir a mi lado mientras yo, todo tieso, conducía. Laurita escogió una cena de mariscos y un pescado y cenamos muy de prisa porque ella no quería llegar tarde a su casa. De todas maneras, aquella noche fue más generosa conmigo y me dio un beso en la mejilla, advirtiéndome en seguida que aquello era una excepción, algo así como el premio de mi cumpleaños. Y se metió en seguida en el portal de su casa. Pocos días después fue el baile y yo la acompañé al casino con mi traje de etiqueta, algo renovado y arreglado los días anteriores porque mi cuñado se había empeñado en que en su forma antigua no podía servirme. Lo pasé bien aquella noche. Laurita me presentó a sus padres y ya en mi casa Sabino me completó la historia: resulta que aquel que se había casado con la hija de don Lamberto, es decir, el padre de Laurita, no había sido capaz de acabar la carrera de ingeniero, pero ahora estaba empleado en la empresa y ganaba más que un compañero que había terminado y que trabajaba junto a él codo con codo, pero como subordinado. Así también podía yo llegar a jefe de la empresa. Supe que don Lamberto participaba con el cincuenta por ciento en el capital de don Jaime, de modo que, sin saberlo, estaba trabajando para él. A esto se debían, supongo yo, las zalemas y la coba que don Jaime me daba desde que se había enterado de que mi novia era la única nieta de don Lamberto y su heredera posible. De modo que yo venía a ser algo así como el futuro propietario de aquella empresa en la que ahora trabajaba como simple empleado. La cosa se vio bien clara cuando el asunto de las grúas: yo propuse un modo de instalarlas que lo hacía más barato y mejoraba el rendimiento. Don Jaime se lo dijo a todo el mundo, delante de mí y a mis espaldas, y aun me subió el sueldo, pero no demasiado, ésta es la verdad: me puso seis pesetas diarias, lo cual hacía algo más de siete duros al cabo de la semana. Con esto era capaz de llevar a Laurita al bar todos los mediodías y a merendar por las tardes, ya fuera en una taberna de las carreteras, ya fuera en un bar de la ciudad donde también había tabernas, pero no estaba bien visto el ir a ellas. Las tabernas se pusieron de moda más adelante, cuando yo ya no estaba.

Al cabo de algún tiempo descubrí que mi vida era monótona: un café por las mañanas y la visita al bar con Laurita todos los mediodías; un café por las tardes, en el café cantante, por supuesto, y una visita a la Iris los sábados o los domingos. La Iris se había puesto razonable y admitía lo que yo le daba, si no le daba nada, pues nada, y tan contentos. Yo creo que Laurita sabía vagamente lo de la Iris pero lo encontraba natural, como todas las chicas de su tiempo. Así la dejaba en paz a ella.

Hasta que me llegaron cartas de Madrid para romper aquella monotonía. La de mi director concretaba algo más su oferta, y no era gran cosa. La de Rosita contaba muchas cosas, pero ninguna de sustancia. La guardé, porque en una especie de posdata hecha después de la firma decía quererme mucho. Anduve más de un día como decía mi madre, alebrestado, y otros decían alporizado; pero yo sé que no era ni una cosa ni otra; de todas maneras, quien las pagó fue la Iris; «las pagó» es un decir, porque en realidad pagué yo, y en aquella ocasión me sentí más generoso que en otras. Tanto en mi casa como Laurita notaron que algo me pasaba, pero lo atribuyeron a cosas del trabajo, creo yo, a algún altercado que hubiera tenido con don Jaime y que no tuve jamás. Por aquel tiempo supe que me habían puesto un mote, *Manacho* o *Manancho*, que nunca lo supe bien, como pudieran haberme puesto *Piruleta* o *Equinocio*, con una «c» o con dos, da lo mismo. A ella la llamaban lo mismo *Manacha* o *Manancha*, y cuando se lo dije, que nos llamaban *los Mananchos*, se puso muy contenta «porque —me dijo— eso es como aceptarnos a los dos: ya no nos llamarán de otra manera y ese nombre nos seguirá hasta que seamos viejos y hasta que muramos». «Murió el Manancho», «Murió la Manancha», como pudieran decir «ya murió el siglo que morirá con nosotros». Pero la novedad del mote duró dos días, todo lo más tres, y volví a aburrirme. Entonces me dediqué a Laurita, pero no muy a fondo, porque yo tenía mis planes y no quería comprometerme. Laurita se me daba bien, pero yo no abusé, ya lo dije, porque aquella relación no podía pasar de lo meramente superficial. Las preguntas que se habrá hecho Laurita, y las veces que yo me habré preguntado por esas preguntas. Se me daba bien pero yo no quería comprometerme, ya lo dije. No obstante, una vez le toqué los pechos y cometí el error de compararlos con los de Rosita, que eran más grandes y estaban más juntos: en una palabra, que eran más feos, pero en el conjunto no hacían mal. La manía comparativa me duró poco tiempo. Yo no sé, no recuerdo ahora, cuál fue la realidad que la alejó.

CAPÍTULO XXII

ME MARCHÉ SIN decir nada en cuanto recibí la carta de mi director en que me decía: «Tal día sacaremos el periódico, que será un periódico de tarde, tal día tiene usted que estar aquí. Le hemos reservado sitio justamente frente a la redacción, donde hay un tío que alquila habitaciones y mantiene una especie de pensión en que se come muy bien y donde usted se hallará a gusto. Procure estar aquí ese día por la mañana. Si no está y no recibo otras noticias, entenderé que renuncia a la oferta que le hago.» Lo dejé todo arreglado: las cuentas de mi trabajo, las citas con Laurita y lo que llamaba entonces mi coche, que quedó allí, en el patio de mi casa, junto al viejo Studebaker: no quería llevármelo conmigo porque no lo consideraba mío y porque me costaba mucho dinero. Allí quedó, abandonado. Supongo que en su interior aún se podrían escuchar las risas de Laurita, que eran como un continuo sí, sí, sí, y las risas mías, que eran como un continuo no, no, no. De Iris no hice caso y lo siento: no se merecía, la pobre, aquel trato indiferente. Me fui sin decirle nada, como a los demás, pero todos los asuntos quedaron arreglados, menos los suyos.

No recuerdo el viaje que hice. Sí que al taxi donde me metí con mi maleta le di la dirección de la pensión aquella que estaba frente al periódico, donde se comía bien y a la que me habían destinado. Llegamos muy temprano, y mientras pagaba el taxi sentí cómo empezaban a moverse las máquinas. Aquello lo entendí como un buen augurio, pero la gente que transitaba ya por la calle, sobre todo las mujeres, no lo corroboró: se trataba de señoras con bigudíes puestos, con aire de no haberse acostado en toda la noche y de que iban a hacerlo ahora, después del desayuno, que algunas de ellas llevaban en las manos, sacados de los bares que empezaban a abrir. En la pensión me dieron un cuarto con ventana a la calle: el cuarto más espacioso que había tenido. Tomé posesión de él, acomodé mi ropa en el armario, que la esperaba con las puertas abiertas, y antes de ir al periódico bebí un poco de café que me trajo una chica llamada Mari, muy fina y así, la cual de buenas a primeras me dijo, después de darme toda clase de explicaciones acerca de mi llegada, que ya me esperaba, que tenía un hijo y un novio, y que trabajaba para él, quiero decir para el hijo, pues el padre estaba empleado en el ayuntamiento y la venía a buscar todas las tardes a eso de las seis para traerla a las ocho y media, ni más ni menos, con tiempo de cambiarse y servir la mesa. Había también otra chacha, la Pepa: acababa de llegar de su pueblo, que estaba allá en la sierra. Yo apenas le hice caso, a pesar de que era más guapa que la otra, una belleza rural sanota y bien formada, quizá un poquito gorda. Bebí un poco de café y atravesé la calle. Unas zancadas, una escalera ancha, y me hallé en la redacción. Era una habitación grande, mayor que la otra que había conocido y pateado tantas veces, de día o de noche. Se llegaba a ella por una puerta muy ancha y había varias ventanas: me fijé en ellas porque, a diferencia del exterior, tan remotamente arábigo, el interior era moderno con un predominio absoluto de las líneas rectas, como si quisiera deshacer con su modernidad lo que tenía de pasado el exterior. Había varias mesas y, en las mesas, máquinas de escribir, lo cual no me llamó la atención pues seguía el modelo ya conocido. En una de ellas, en la más importante, se hallaba don Rafa con el sombrero puesto. Nada más verme se lo quitó y se dirigió hacia mí: su alegría era sincera, como lo era también la tristeza que le siguió:

—¡Hola!, ¡bien venido!, ¡buenos días! —me dijo mientras me abrazaba—, pero llega usted en mal momento: acabo de enterarme de la sublevación de Jaca, y lo más probable es que impongan otra vez la censura. Ya sabe usted: la mitad del periódico hay que tirarlo al cesto de los papeles.

Se habían acercado varios compañeros y me fue presentando a todos ellos. Había uno que tenía mi edad, aproximadamente. Con éste me emparejó, o me emparejé, no lo recuerdo bien. Salimos a la calle a ver qué pasaba. Por la calle Mayor llegamos al Viaducto, donde mi nuevo compañero, que se llamaba Eduardo, se detuvo.

—No te traje aquí por casualidad, sino para que seas testigo. Yo sé algo de lo que pasa. ¿Ves allí abajo aquel avión que se levanta? Pues no lo pierdas de vista.

El avión se acercaba a nosotros; cuando estuvo encima, o casi, soltó una especie de papelillos rojos, algunos de los cuales cayeron a nuestros pies: era una invitación a Alfonso XIII a que se marchase, y al pueblo de Madrid a que se sublevase contra el rey. El avión pasó por encima de nosotros, pasó por encima de palacio, soltó otra andanada de papelillos rojos y se fue hacia el lugar de donde venía. Entonces ya eran tres aviones en el cielo de Madrid: los dos nuevos parecían perseguir al otro, tras él se perdieron en lontananza hacia el sudoeste. Yo releí el papelillo rojo que me había tocado.

—Pues parece que llegué a Madrid en un día que vale la pena.

—Lo malo es que tenemos que salir esta tarde, y la censura nos va a deshacer lo que le llevemos hecho.

Me señaló un edificio grande a la derecha.

—Ahí está el censor. Conviene que lo sepas por si te mandan con algún mazo de pruebas, hoy o mañana o un día cualquiera.

Antes de ir al periódico entramos en una taberna aledaña y tomamos un vino blanco, que pagó Eduardo. En el periódico hallamos que todo el mundo andaba alborotado porque habían llamado de alguna parte para hablarnos de la restauración de la censura previa. No obstante, yo me senté en la mesa que don Rafa me señaló y me puse a mi trabajo. Los que andaban a mi alrededor, viejos y jóvenes, o, mejor dicho, jóvenes y de mediana edad, porque no había ningún viejo, con el pretexto de la llamada telefónica no daban golpe. Aquella punta de vagos iban a ser mis compañeros en el futuro. Exceptúo a Eduardo, que se sentó también, cogió sus telegramas y comenzó a leerlos. Yo hice lo mismo. Cuando nos dimos cuenta había cesado el alboroto y todo el mundo se había marchado. En la redacción sólo estábamos Eduardo y yo. Don Rafa se había vuelto a poner el sombrero, pero se había quitado la chaqueta, y así, en chaleco, con las manos cerradas apoyadas en la cara, meditaba, yo no sé si en el porvenir del periódico o en nuestro porvenir.

También Eduardo se levantó y se fue. Yo me levanté y me puse frente a don Rafa; él se quitó el sombrero y me dijo:

—Llega usted con mala suerte o la trae usted. No tenemos un duro. Con lo que vendiéramos esta tarde pensábamos sacar para ir tiran-

do. Pero esta tarde no venderemos arriba de veinticinco o treinta ejemplares. Como usted puede
comprender, así no podremos seguir: la gente
de abajo, cuando termine la semana, pedirá su
jornal, y está en su derecho. De esta manera se
aumentará su experiencia. Pero no pase cuidado: su pensión no hay que pagarla hasta dentro
de quince días, es decir, a últimos de año. Para
entonces, o esto se ha arreglado o nos hemos
hundido para siempre.

Metió la mano en el bolsillo y sacó unos billetes arrugados. Escogió uno de ellos, de cinco
duros, y me lo pasó por encima de la mesa.

—Tome usted esto y arréglese. Mientras tanto vaya a su pensión y coma en ella, que no se
hace mal, al menos eso nos han dicho.

Se levantó, se puso la chaqueta, que tenía
colgada en el respaldo de la silla, y el gabán. Yo
me puse el mío. Salimos emparejados. Al llegar
abajo, al vestíbulo, él se metió en la sala de máquinas después de haberme dicho que le esperase, cogió un ejemplar del número uno de aquel
periódico que tan cuidadosamente habíamos
hecho entre todos y me mostró la portada, con
grandes claros; la última página, lo mismo. Así
deberían de estar las centrales, donde iba, por
ejemplo, lo sucedido en Jaca con la sublevación,
que la censura se habría merendado.

—Esto es lo que queda de nuestro periódico
—dijo mostrándome aquellos restos—. Se ven-
derán cinco ejemplares o seis todo lo más. Alguien dirá de nosotros que somos un «sapo», o

lo que es peor, un «sapito». Pero yo no puedo hacer más de lo que hice.

Se marchó rápidamente sin despedirse, supongo que hacia su casa, que estaba en un barrio muy lejano y había que coger el tranvía. Yo atravesé la calle y entré en la casa. Entonces conocí al dueño, que no era un tío como habían dicho, sino una tía. Con la bata puesta y el pelo despeinado, se acababa de levantar.

—Vaya usted hacia el comedor, que yo me arreglo en un periquete y voy en seguida. Si ven que tardo, vayan tomando la sopa; pero no hará falta, no. Yo llegaré muy pronto, como le dije. Por cierto que... Bueno, ya hablaremos luego.

Dio la vuelta y se metió en su antro particular, aquellas habitaciones que no logré ver ni entrever durante todo el tiempo que estuve en la casa: la primera, su despacho. Nadie lo había visto, no se lo enseñaba a nadie. Decían que tenía en él los cadáveres de alguna prima donna que ella había representado. Pero esto no se creía, no lo creían ni los que lo decían.

El comedor estaba en el centro de la casa y no tenía ventanas, sino sólo puertas. Por una de ellas salió la pareja de sudamericanas, madre e hija, que se sentaron, la una junto a la otra, en el mismo lado de la mesa. Apareció también una señora, que me fue presentada como funcionaria de no sé qué ministerio y que ocupaba la contracabecera, suponiendo que la cabecera le correspondiera a la dueña de la casa, que era aquel cubierto vacío y aquel lugar que nadie

192

había ocupado. Yo me senté en el lado contrario de las sudamericanas, precisamente delante de la hija, que tenía unos ojos grandes y muy brillantes, como si constantemente los tuviera llenos de lágrimas. A mi lado no había nadie, aunque sí un cubierto dispuesto para ser llenado y comido como otro cualquiera. Servía la mesa la Pepa, que estaba haciendo prácticas bajo la dirección de Mari, y se equivocó dos o tres veces, pero eso no tenía importancia. Efectivamente se comía bien: una sopa y un guiso de carne donde la carne era carne de verdad, sabrosa y no demasiado blanda. Nos pusieron de postre un frutero con plátanos, naranjas y manzanas: cada cual comió lo que quiso, la dueña de la pensión la primera. Había venido nada más servir la sopa y nos acompañó con su presencia y con su charla. Evidentemente, aquella mujer sabía lo que decía y lo que contaba, no por ciencia sino por experiencia. Pero no era muy guapa e iba acercándose a la vejez. Las criadas la llamaban doña Clara, y no hacían nada sin consultarle a ella, ya por palabras, ya por miradas. Ella contestaba del mismo modo, y todo salió bien. Estábamos terminando cuando llegó el tipo que ocupaba el sitio a mi lado. Se quitó el sombrero, se me presentó como Remigio Díaz y se sentó a comer el plato de sopa que le habían puesto y después el guiso de carne como la cosa más natural del mundo: se conoce que mi nuevo vecino acostumbraba a llegar a aquella hora y a comer cuando todos habíamos terminado. Le trajeron un frutero sólo con manzanas, él escogió dos, las mondó y se las comió tan lindamente. Para entonces las sudamericanas se habían metido en su cuarto y la otra funcionaria había desaparecido, eso sí, diciendo antes «buen provecho», que es lo mismo que habían dicho las sudamericanas aunque con otro acento. Quedaba doña Clara presidiendo la mesa y allí estuvo hasta que Remigio Díaz terminó. Entonces se levantaron ambos, se saludaron y cada uno fue por su lado: ella a su antro particular, él no sé adónde. Yo les pregunté a las chicas si había habido algún recado para mí y me dijeron que no, pero me rodearon para cotillear un poco porque la única persona de todos los huéspedes que se acercaba a su edad era yo. Me hablaron de que tampoco las sudamericanas las dejaban hacer la limpieza del cuarto, con una gran diferencia con doña Clara: que ésta dejaba todos lo días las basuras para que se las retirasen y las sudamericanas no dejaban nada. Mari, que era la más maliciosa, me preguntó si no me había fijado en los ojos de la más joven, de la hija, que los tenía de preñada. «Si lo sabré yo que lo estuve dos veces y lo estaré la tercera si ese bruto de Fernando no toma sus precauciones, como dice que las toma. Yo de eso no sé nada. Aguanto lo que venga y en paz.»

Me deshice de ellas como pude y comenzó mi búsqueda de doña Rosa y Rosita. El primer lugar a donde fui a buscarlas fue su antigua pensión, un lugar helador. Me dijeron allí que se habían marchado, pero que si quería dejar algún recado que lo dejase, que ellas volverían, volvería doña Rosa por su cuenta. Volvería tarde o temprano, ¡ya lo creo que volvería!, antes de las Navidades, quizá, o antes de primeros de año, eso dependía... Salí de allí pensando cómo haría para encontrarlas. La revista en que trabajaba doña Rosa había terminado sus actuaciones en el teatro de la Gran Vía. Ahora había una compañía de comedias y la taquillera no sabía nada. Recorrí aquella tarde todos los teatros de Madrid, que por cierto estaban bastante cerca los unos de los otros, y dejé para el final el más empingorotado de todos, al que yo no había ido nunca, que recordase. Repasé cuidadosamente los repartos, y nada. Sólo en aquel teatro que quedó para el final había algo que pudiera darme una pista: había una Rosa y una Rosaura. Ponían *La calle*, de Elmer Rice, que yo ya había visto a la misma compañía, quiero decir las mismas primeras figuras, porque en las otras había variantes, o porque yo no me acordase puntualmente del reparto. Saqué una entrada de butaca, en lo cual gasté buena parte de mi dinero. El teatro estaba medio vacío y no me fue difícil encontrar buen acomodo. Me senté en mi butaca y esperé. Aquel teatro era bonito y, además, suntuoso. Cerraba la boca un gran telón morado con el escudo imperial en el medio. Me entretuve en contemplar todos estos detalles el tiempo que tardó en alzarse el telón y aparecer la calle de Nueva York en que transcurría la comedia. Vi a Rosita apuntarse a un charlestón: era una de las novedades. En la ciudad del norte donde había visto por primera vez aquella comedia el papel lo hacía una chica un poco más baja, un poco mayor, que yo recordaba vagamente. Rosita no lo hacía ni mejor ni peor: lo hacía, y yo, sentado en mi butaca, no ejercía de enamorado, sino de crítico: aquello estaba bien, pero podía estar mejor; el charlestón podía cantarse y bailarse a la vez. Esperé a la salida de doña Rosa, la observé un momento y marché. Ya sabía dónde trabajaban la madre y la hija; sólo me faltaba saber dónde vivían, pero eso podía esperar hasta el día siguiente. Nada dentro de mí me apresuraba hasta el punto de hacerme cometer algún error. Me hacía falta que todo estuviera pensado y bien pensado.

Yo fui el último en llegar a la cena: todo el mundo se hallaba en su puesto, las sudamericanas, la funcionaria y aquel hombrecillo calvo y risueño que se sentaba a mi lado. Y no digamos la dueña de la casa, que presidía la mesa; detrás de ella, vestidas de tiros largos, estaban Mari y la Pepa, dispuestas a servirnos. Yo no dije palabra: comí y bebí lo que me pusieron delante. Al terminar salí a la calle. Primero pasé por el periódico, que aún estaba abierto, para ver cómo había ido: mucho peor de lo que yo imaginaba. Después me hallé en la puerta, sin saber qué hacer ni qué rumbo tomar. Primero me dirigí a casa de tía Dafne, que vivía al principio de los bulevares. Pero cuando llegué allí no me atreví a entrar y di la vuelta. Lo más fácil era meterse en la pensión; fue lo que hice: seguir el camino más fácil. Encontré a Mari y a la Pepa, ya vestidas de lo corriente, que charlaban, o tal vez cotilleaban en el vestíbulo. Pegué la hebra con ellas, la conversación recayó sobre las sudamericanas, Mari dijo pestes de ellas, de que si en su cuarto había o dejaba de haber, de que si estaba preñada o no lo estaba. Mari no parecía tener más que estos temas de conversación: o hablaba de su hijo y de su novio o hablaba de las sudamericanas. La Pepa callaba y, a veces, sonreía. De repente me hallé solo con ella. Mari se había marchado, no sé si a su cuarto o a espiar a las sudamericanas. Le hice algunas preguntas a la Pepa, que si era de tal sitio, que si era de tal otro, y luego me metí en mi cuarto. Yo no sé si la Pepa quedó defraudada de aquel señorito que no se dignaba ni meterle mano; pero yo soy así, me acosté, y dormí profundamente.

CAPÍTULO XXIII

AQUELLA MAÑANA me mandaron en el periódico
con un mazo de pruebas para que las llevase a
donde había que llevarlas y yo las llevé a donde
me habían enseñado el día anterior. Llegué y
pregunté por el censor; me pasaron a un des-
pachito donde había un coronel, que las tachó
todas y me dijo: «Nada de eso lo hubiera tachado si viniera redactado de otra manera. Dí-
gaselo usted así al director.» Yo se lo dije al
subdirector, porque al director no lo conocía
ni aparecía por el periódico. Los que madruga-
ban mucho lo habían visto con una cartera y
algunas letras de cambio en blanco, había dicho: «Me voy al hotel Palace. Allí estaré toda la
mañana.»

El subdirector, es decir, don Rafa, mi amigo, me dijo cuando le di el recado del coronel:
«Ése quiere que se den las noticias, pero arri-
mando el ascua a su sardina. No seré yo quien

le dé por el gusto. O las pasa así o salen en blanco.» El subdirector mandó las pruebas a la imprenta, yo fui a mi mesa, donde hallé un montón de telegramas en los que alguien había puesto el número de líneas que debía llevar la noticia. Me encontré con que en la misma mesa, del otro lado, se había sentado un cincuentón de buen aspecto, pero algo había en su cara que me aconsejaba no confiar en él. De todas maneras me presenté, le di la mano, me dio la suya, dijo su nombre y quedamos tan amigos, él de un lado de la mesa, yo del otro. Añadió que en aquel periódico él iba a hacer la crítica teatral. No le dije nada, no fuera a creerse que nada más presentado le pedía un favor. De modo que lo dejé marchar, envuelto en su capa. Un compañero me llamó y me dijo que no tuviera mucha conversación con él porque tenía fama de gafe, en Madrid y en París, de donde había venido: por eso y por otras cosas no lo querían en ninguna parte, ni periódico ni editorial; que tuviera cuidado no fuese a contagiarme, que la gente era muy mala y le llamaba gafe al que lo era y a los que iban con él y no les pasaba nada. Yo creo haber preguntado algo más, algo referente al teatro, pero no estoy seguro. Busqué en otros periódicos: el estreno no era hasta dos días después, mejor dicho, hasta dos noches después; me daba tiempo de agenciarme una entrada de las más baratas, aunque fuera de claque, aunque la posesión de aquella entrada me obligase a aplaudir lo que yo no hubiera aplaudido nunca. Encontré, efectivamente, la entrada, pero pagando el doble de lo que valía: yo no sé lo que pudo haber ganado aquel tipo que me la vendió. Entré en el teatro. Había otro tipo, con unos papeles en la mano, y en los papeles varias cruces rojas; aquel sujeto daba la señal y los demás aplaudíamos como idiotas. La comedia era en verso. Recuerdo un terrible sonsonete, un personaje redondito que se llamaba «Pan de Harina». La primera actriz llevaba falda larga de aldeana y antes de suicidarse en el río recitaba una tirada de versos. Ni Rosita ni doña Rosa aparecieron por allí. Al día siguiente, por la mañana, antes de ocupar mi asiento, pedí una copia de la crítica teatral: se decía en ella que el libreto era bueno pero que los actores eran malos, y los citaba uno por uno poniendo por delante a la primera actriz. Cuando fui a mi mesa, ya el crítico se hallaba sentado al otro lado. Le dije que acababa de leer su crítica. Él me miró todo sonriente.

—Le habrá gustado, ¿verdad?

—No.

Le contesté rotundo, sin pensarlo demasiado, y él, que parecía como dueño de sí mismo, se hundió de repente y se convirtió en un muñeco fláccido, pero no menos cincuentón de lo que era. Yo continué:

—Asistí al estreno, y no creo que porque usted ocupase una localidad y yo otra bien distinta la comedia fuese a dar la vuelta. Mi juicio es justamente el contrario: el libreto es muy malo;

los actores, pasables. Le costará a usted trabajo convencerme de lo contrario.

El crítico cincuentón se había repuesto. Se levantó, me miró y me señaló con el dedo.

—Ni lo pretendo, jovencito. Yo sé de teatro más que usted aunque no sea más que por las muchas comedias que tengo vistas. Antes de nacer usted, ya yo entendía de teatro. Conque ya sabe usted cuál es mi opinión, que será la que valga y no la suya. Dé tiempo al tiempo.

Se marchó. No de la redacción, sino de mi lado. Se acercó primero al que pagaba: seguramente iba a pedir un anticipo. Como el otro le dijo que era muy temprano o algo así, el crítico cincuentón salió de mi vista, no sé si también del periódico. Yo me senté y recogí los telegramas que estaban a mi lado. En cada uno de ellos habían puesto «ocho líneas», «doce líneas», «veinte líneas». Lo redacté de tal manera que el que fuese con ellos a la oficina de la censura no tuviese que ir dos veces. Después me llamó el subdirector y me encargó la redacción de un editorial: «Hágalo usted de manera que se lo tache la censura.» Volví a mi mesa, muy orgulloso de aquel encargo, lo hice y lo entregué, pero no supe más. El periódico iba mal: nos lo dijo en voz alta el subdirector, aquel don Rafa a quien en privado podía considerar mi amigo. Le escuchamos todos, nos separamos. Yo atravesé la calle y fui a mi pensión. Me eché en la cama a esperar la hora de la comida. Seguramente me quedé dormido, hasta que oí muy lejano el ruido de una campanilla. Al salir hallé a la Pepa plantada delante de mi puerta.

—Le venía a avisar de que es la hora de comer.

Estaba vestida de negro con puños y cuellecito blancos. También era blanca una cofia que le habían puesto y que llevaba un poco torcida. Estaba guapa la condenada, yo le metí mano por delante y por detrás pero no por el medio, porque ella apretaba las piernas y las apretó hasta hacerme daño. Después desapareció, no sé si hacia su cuarto. Me arreglé un poco el peinado y la corbata de modo que no se notase nada del rifirrafe que acababa de tener. Así entré en el comedor y me senté en mi lado de la mesa, que estaba completamente vacía. Poco después llegó ella, la Pepa, que se colocó como si nada al lado de Mari. La dueña de la casa les dijo que ya podían servir la sopa, y ellas desaparecieron. Yo, entonces, me fijé en la sudamericana, que había dejado de hablar con su madre y que entonces me miraba. Efectivamente, aquellos ojos no eran normales, pero yo no sabía cuál era su anormalidad. Miré para otra parte y procuré desentenderme del asunto. Entraban ya las criadas con sus soperas: Mari sirvió a las que estaban delante de mí y a aquella bruja, funcionaria no sé de qué ministerio, que se sentaba a mi izquierda; la Pepa nos sirvió a la dueña de la casa y a mí: era una sopa excelente, una sopa castellana en la que había un huevo para cada comensal. Los huevos eran frescos y estaban muy buenos.

Aquella tarde me dediqué a preguntar aquí y allá, a ver si descubría en qué pensión o en qué hotel paraban doña Rosa y Rosita. Lo que encontré fue a su hermano, que acababa de llegar de Jaca y que buscaba lo mismo que yo. La compañía de Enrique evitó que acabara aquella tarde, quién sabe si también aquella noche, en casa de tía Dafne, a quien me proponía vagamente visitar e iba posponiendo la visita a cada pretexto que hallaba para ello. Es como si le tuviera miedo a tía Dafne. Me metí en un café, yo solo, y me puse a pensar cuáles eran las causas reales de aquello que yo, ligeramente, había tachado de miedo. Fui desechando una tras otra, hasta que llegué al meollo de la cuestión: a lo que tenía miedo no era a tía Dafne, sino a declararle sinceramente que yo trabajaba en un periódico republicano cuando ella no lo era, sino todo lo contrario, apasionada y decidida. Parecí quedar más tranquilo cuando llegué a aquella conclusión ideológica. Pagué y marché a mi pensión, que estaba cerca, a unos diez minutos del café donde yo había parado. Deseaba encontrarme con la Pepa, pero nadie apareció desde que abrí la puerta hasta mi habitación, y todavía antes de acostarme pasé un rato al balcón, viendo el ir y venir de aquellas fulanas que hacían su trabajo por la noche: iban o venían, paraban a los hombres y se iban con ellos o desaparecían al cabo de la calle. Todas iban hacia arriba, hacia la Gran Vía. Cuando me cansé, me retiré y me metí en la cama. Había tenido tiempo de ver iluminada y ocupada la dirección de mi periódico. Había allí dos hombres, uno joven y otro maduro. Al joven creí reconocerle; al maduro le supuse el director del periódico. Cerraron las contraventanas, que fue como darme con la puerta en las narices. Entonces cerré yo también mi ventana, me metí en la cama y me arropé bien. Hacía frío aquella noche, hacía mucho frío.

CAPÍTULO XXIV

—Estas zorras, mi madre y mi hermana, en cuanto han mejorado de compañía se han ido a una pensión más cara. Menos mal que lo de la camarera va por buen camino y a uno le queda siempre ese consuelo. Pero no hay derecho. En la pensión no es que se coma mal, pero nos dan siempre sota, caballo y rey.

Aquello, las opiniones de Enrique, me interesaba muy poco; lo que yo quería era saber algo de su viaje a Jaca, de ida y vuelta. Le fui preguntando y él me fue contestando, aunque a su manera, pues la revolución hubiera triunfado de no haberse él dado la vuelta, ahí queda eso. Su relato me sirvió para un reportaje que entregué aquella misma mañana a don Rafa, que me felicitó, pero lo tachó la censura y me quedé como antes.

Yo deseaba escribir algo que saliese en el periódico, algo que me diese a conocer y que llegase a los oídos de Rosita. Pero hubo mala suerte: ni yo fui conocido ni Rosita se enteró de nada. Tampoco me sirvió la entrevista con su hermano. Aquella tarde, cuando iba a ver a doña Rosa a su camerino, me detuvo el portero de la puerta lateral y no me dejó pasar. Menos mal que aquella misma tarde me encontré con un gallego que conocía vagamente y que publicaba sus dibujos en *El Socialista*. Me dio una cita después de cenar, yo acudí a ella y me llevó a la tertulia de un escritor famoso, gallego también, que congregaba todas las noches alrededor de sí diez o quince personas, a veces veinte, del más variado pelaje intelectual: desde imberbes y desconocidos como yo, hasta hombres maduros que miraban con envidia y escuchaban las ocurrencias de aquel en torno al cual se congregaban para después ir presumiendo de que asistían a aquella tertulia y le habían oído decir al que le daba nombre tal cosa y tal otra. Se llegaba por una serie de patios hasta aquél, central, que se parecía a un patio andaluz: columnas y arcadas abajo, columnas y arcadas arriba, y una ancha escalera que los relacionaba. Pero yo no subí nunca esa ancha escalera, a pesar de mi curiosidad, por si se repetían arriba los muebles populares, los ladrillos, que se multiplicaban abajo. El famoso escritor se sentaba a la izquierda, en el centro de varias mesas reunidas por la parte estrecha, de modo que formaban, así unidas, como una larga mesa. Mi amigo me dijo: «¡Siéntate donde puedas!» Lo hice con tan mala pata que caí frente a aquel hombre, peludo y barbudo, pero elegante, que no me miró ni más ni menos que a los demás: o nos desconocía a todos o no conocía más que a aquel periodista portugués que vino con su mujer y a la cual el hombre importante hizo sitio a su lado. A mi amigo el dibujante se le ocurrió sacarle un perfil a aquella dama, el papel dio la vuelta a la tertulia, y cada cual decía la genialidad que traía preparada, viniese o no viniese a cuento, o lo que se le ocurría en aquel momento. Yo maldecía la hora y la ocasión que me habían deparado aquel asiento tan envidiable, por el que seguramente más de uno me estaba echando maldiciones. Estaba dando vueltas en mi magín dispuesto a pasar aquel papel cuando llegase a mí sin decir nada; pero llegó el papel y se me ocurrió decir que se parecía al Dante joven pintado por Giotto. Entonces, el personaje importante me miró por encima de las gafas, me señaló con el dedo, dijo algo así como esto: «Ezo eztá bien», y no volvió a ocuparse de mí en el resto de la noche.

La cual tuvo que ser movida a juzgar por los tres o cuatro descalabrados que se presentaron en la reunión, quizá para hacer constancia de que allí estaban y de que les habían pegado más o menos por gritar en grupo: «¡Viva la República!» Recuerdo que uno entre ellos traía un aparato de acero en las narices, con lo que probaba que había pasado por el hospital o lugar semejante antes de venir. El gran escritor que hablaba con la zeta los trataba a todos benévolamente y tenía un chiste, siempre distinto, para el causante remoto de aquellos desaguisados. Llegó un momento en que escribió una copla en la margen de un *Heraldo de Madrid*:

> *Alfonso ten pestaña*
> *y ahueca el ala*
> *que la cosa en España*
> *se pone mala.*
> *No sea que*
> *el pueblo soberano*
> *te dé mulé.*

La copla fue muy leída y su autor aprovechó la ocasión para hablar un rato de la abuela del monarca: Isabel II y su corte, que él llamaba «de los milagros», porque entre el padre Claret y la Monja de las Llagas se repartían el coeficiente atribuido y atribuible a aquella gente, a aquella corte. Yo no sé qué hora era cuando nos levantamos todos a una y dejamos el lugar. En la calle, algunos grupos corrían perseguidos por los guardias: pocos grupos y pocos guardias.

Por calles no transitadas fui hasta mi pensión, donde no sé si me metí o me refugié. Aquélla era la primera vez que podía haber sido detenido y llevado a la comisaría. Aquí empezó mi suerte, que no sé si fue buena o mala. Lo que sí sé es que la Pepa me estaba esperando, pero no llegamos a nada. Quiero decir a nada serio. Se escurrió hacia su cuarto como la otra vez y yo me metí en el mío. Cuando estuve más tranquilo, me acosté. Frente a mi ventana, a aquella hora mudo, se hallaba el taller donde se hacía mi periódico, del cual dependía lo que sería mi suerte, buena o mala. En otras cosas confiaba, pero no las quiero decir aquí.

A la mañana siguiente vimos al director por vez primera: nos reunió a todos y nos dijo que aquello iba muy mal, que el periódico, en aquellos tres días, no había ingresado más que veintisiete cincuenta; que las ventas de otros periódicos habían bajado también con la censura, pero los otros periódicos tenían cajas de resistencia y nosotros no; que el primer sábado había que pagar a la gente del taller, y aunque no tenían dinero lo sacarían de debajo de las piedras, pero que, desde luego, aquello era sagrado. Nos dijo además que, salvo los que estaban obligados a él porque habían recibido un anticipo, todos los demás quedábamos en libertad para seguir en el periódico o dejarlo; que él no se comprometía a nada y en aquel momento no sabía cuál iba a ser el final de aquella empresa empezada con tantas ilusiones y tan mala suerte. Aquí terminó la perorata del director, deshicimos el grupo, en silencio y cabizbajos, lo mismo los que habían recibido el anticipo que los que no habíamos recibido nada. Yo opté por quedarme en la redacción; la verdad es que no tenía adónde ir. Me senté en mi mesa y cogí los telegramas que había a mi derecha, todos ellos anotados por el subdirector, que se me acercó y me dijo por lo bajo:

—Usted no se preocupe. Usted está bajo mi responsabilidad, y yo todavía puedo resistir algunos meses de mala suerte. Por lo pronto se acercan las Navidades. Si no tiene usted dónde pasarlas, no se olvide de que mi casa es su casa.

Dicho lo cual, don Rafa volvió a su sitio, yo quedé dando forma periodística a aquellos telegramas que no significaban nada, que no decían nada que pudiera interesar a la gente que iba a comprar nuestro periódico. Eso sí, eran lo bastante anodinos para que, salvo uno o dos, todos pasasen la censura: pequeños robos, incendios casuales, en fin, pequeñeces que a un periodista y a un lector de periódicos no le interesaban. Me tocó aquella mañana llevar mis propios telegramas a la censura; recorrí la calle Mayor sin darme demasiada prisa, hasta que aquel coronel puso el lápiz rojo donde yo suponía y me dijo que, contado con otras palabras, aquello mismo pasaría. Volví al periódico y, cosa rara, el subdirector me mandó redactar aquellas noticias de otra manera, con otras palabras, de modo que pasasen la censura. Me tocó llevarlas a mí mismo y el coronel me sonrió, me mandó sentar y me ofreció un pitillo de los suyos, que fumaba de lo bueno el coronel aquel. Puso el sello a las noticias y me largó con viento fresco: «¡A ver si no vuelve usted!» Efectivamente, no volví.

Aquella tarde salió nuestro periódico con una tachadura menos. Fue lo mismo. El periódico no se vendió más que a los verdaderamente fieles, aquellas personas que nos querían de verdad y que consideraban que nuestro periódico venía a cubrir alguna falta, algún hueco que hubiera en la prensa. Total, treinta o cuarenta en Madrid, y otros tantos en provincias. Con lo que aquella gente pagaba, ya lo sabíamos, no había forma de seguir adelante. De todos modos, yo confiaba en don Rafa, y con esta confianza me fui a mi pensión, donde no encontré a nadie y me tumbé en la cama. Pronto quedé dormido. Yo no sé qué hora era cuando me despertaron para cenar; esta vez fue Mari. Hallé a la Pepa muy peripuesta detrás de la dueña de la casa, y dispuesta a actuar. Yo era el primero en llegar, pero los otros fueron viniendo y ocupando sus lugares, hasta que la mesa estuvo completa. Fue entonces cuando la dueña de la casa les hizo una señal, y todo transcurrió como siempre. La cena era sabrosa. Yo me fui a mi habitación esperando un aviso, pero el aviso no llegó. Cuando lo consideré prudente, es decir, pasada la medianoche, me metí en la cama. Frente a mí sólo se veían unas rendijas de luz, y éstas en el cuarto del director. Supongo, dije para mí mientras cerraba las maderas, que al director lo acompañaría el joven que yo conocía vagamente y que ya había identificado.

El aviso llegó al día siguiente por la mañana: «Que antes de salir no deje usted de hablar con la directora.» Faltaba un rato largo para que yo saliera, y en ese rato se incluía el desayuno. Coincidí en la mesa con la dueña de la casa, que se hacía llamar pomposamente la directora, aunque me miró no lo hizo de una manera especial, sino como todas las mañanas en la misma ocasión. Únicamente al salir me dijo en voz baja: «Usted y yo tenemos que hablar. No lo olvide.» Y añadió: «Espéreme a la puerta de mi cuarto.» La esperé y me dijo lo que pensaba que tenía que decirme: que se había enterado de lo que nos había dicho el director, que aquello no podía seguir así, pero como yo le parecía un buen muchacho me permitía que siguiese en su casa hasta que se arreglase aquella situación. Yo le di las gracias y le dije que no marcharía de su casa dejando detrás de mí un pufo, por pequeño que fuese; que haría lo posible por pagarle antes de marchar y que me marcharía aquel mismo día. Ella no estuvo desagradable ni un solo instante: al contrario, estuvo simpática, pero firme, de tal manera que aunque me invitaba a quedarme, lo que me decía verdaderamente era que me fuera. Al menos así lo entendí yo. Arreglé mi maleta, la dejé junto a la puerta de mi cuarto y me fui al periódico. Total, no había más que atravesar la calle.

La redacción estaba casi vacía. Me senté en mi mesa y me puse a mejorar telegramas. Pronto llegó el crítico teatral, que era de los que habían recibido anticipo, se sentó frente a mí pero no hizo nada. La mañana transcurrió tranquila: se oía abajo el ruido de las máquinas y esto era todo. Yo escribí una cuartilla de la conversación que acababa de tener aquella misma mañana con la dueña de la pensión y se la pasé al subdirector. Sin esperar contestación me fui y deambulé un rato por las calles, sin ir a ninguna parte. Después se me ocurrió entrar en aquel café sin ventanas donde por primera vez había quedado citado con Rosita. Fue una buena ocurrencia. Allí encontré a Enrique; me dijo que su madre y su hermana actuaban aquella misma noche en una sesión del teatro Caracol: la madre, en un auto de Calderón; Rosita, en una comedia de García Lorca que se ponía aquella noche sólo por una vez. Me apresuré a comprar una entrada: si me retraso un poco más, me quedo sin asistir a aquel estreno, pero llegué a tiempo para adquirir una de las últimas localidades que se habían puesto a la venta.

El teatro estaba brillante. Un sujeto a quien no conocía, pero que parecía muy enterado, me fue explicando quiénes eran las personas y personalidades del patio de butacas; todo después de haberme dicho hasta la saciedad que él se había retrasado en la taquilla y que había tenido que contentarse con aquella entrada, pues no había otra a la venta. El auto de Calderón era *El gran teatro del mundo* y estrenaba decorado, que me gustó nada más verlo: casi todo él era gris, y las líneas, verticales. Se trataba de que el autor daba vida a una serie de personajes, entre los cuales identifiqué a doña Rosa, que no se daba cuenta de que aquello no era un prostíbulo ni tampoco un rinconcito del Petit Trianon: lo digo porque la voz de doña Rosa iba de un registro a otro sin transición, y no creo que se haya representado nunca Calderón de aquella guisa. La comedia de García Lorca era superficial y graciosa. Me gustó, a pesar de que aquel sujeto me dijo que en manos de los Quintero aquello hubiera tenido verdadera gracia. Lo que a mí me sorprendió fue que en un momento de la acción sale un chiquillo de unos doce años, que es el que canta el romance de *La señora Zapatera*. Hasta este momento no identifiqué su voz con la de Rosita, que volvió a salir a escena, esta vez vestida de mujer, cuando un grupo de muchachas baila alrededor de la señora Zapatera. Así vestida, la identifiqué rápidamente, aunque no tuvo que decir palabra, o, al menos, yo no se la oí. La esperé a la salida y me reconoció en seguida. Iba con unas compañeras, quizá las mismas con las que había bailado. Me dijo a grandes voces: «¡Mi novio! ¡Éste es mi novio!» Me dio un abrazo y un par de besos, pero se metió en un coche de gran aspecto que la estaba esperando y me dejó con un palmo de narices. La cara que yo pude poner en aquel momento hizo que las otras chicas no se rieran de mí. Al menos oí decir a una de ellas cuando todas se marchaban: «¡Pobrecillo!» Me refugié en un lugar cualquiera, y tomé de un solo sorbo una copa de coñac. Después fui hacia mi pensión, que quedaba cerca. Se me antojó que todos los grupos con que me encontraba cuchicheaban al mirarme y se reían de mí. Cuando llegué cerca de la pensión, es decir, más o menos a su altura, se me ocurrió pensar que no tenía derecho alguno a dormir allí, pues aunque la dueña me había dicho: «Venga usted esta noche y ocupe su habitación», era como si me hubiera dicho: «No venga en modo alguno: su habitación está destinada a un huésped nuevo.» De todos modos entré. La Pepa me abrió la puerta. Mi maleta esperaba en el vestíbulo y ella, seguramente, se había sentado encima. La puerta de mi cuarto estaba cerrada. La Pepa vino hacia mí y me dijo: «Ya lo sé todo y usted puede disponer de mis ahorros, que suben hasta cinco duros.»

—No, muchas gracias —le dije.

—Entonces —dijo ella— ocupe su habitación, y levántese temprano. Ya me las arreglaré para que ella se crea que la habitación no ha sido ocupada. También le voy a traer el desayuno: con ese motivo, desayunará usted aquí y no en el comedor como todo el mundo. Cuando me pregunten, si me preguntan, yo diré que no le he visto ni ahora ni mañana.

Se me ofrecía entera, pero yo encontré que después de aquella serie de ofertas era desleal tocarle ni un pelo de la ropa. Acaso ella no pensase lo mismo, pero siempre he preferido lo que pensaba yo a lo que pensaban los demás. Además, venía irritado por lo de Rosita y no estaba el horno para bollos. Entré en mi habitación y desde ella le dije:

—Mañana despiértame a la hora que te parezca oportuna.

La Pepa quedó en la puerta, indecisa. Hubiera entrado de habérselo dicho; hubiera dormido conmigo de habérselo pedido. Pero ya lo dije: no estaba el horno para bollos. La Pepa cerró lentamente la puerta y desapareció de mi vista. Yo, vestido como estaba, me arrojé sobre la cama y me tapé con mi propio abrigo. No sé si lloré o lo que hice. Sólo sé que me quedé dormido. La primera imagen que recuerdo es la de la Pepa, semivestida, que me estaba sacudiendo mientras decía:

—Es la hora, señorito.

Por la ventana entraban las primeras luces del alba.

CAPÍTULO XXV

LA PEPA NO se dio gran prisa en terminar de vestirse; me trajo un tazón de café con leche caliente y una cantidad excesiva de bizcochos; si de paso me enseñó algo, ella no le dio importancia y yo creo que tampoco. Al cabo de un rato corto ya me hallaba vestido y desayunado. La Pepa me preguntó si quería que me llevase la maleta al tren y yo le respondí que me iba de la pensión pero no de Madrid, que ya le diría mi nueva dirección, para que nos viésemos. Eso pareció contentarla mucho. Enfrente ya habían abierto. Atravesé la calle, cargado con mi maleta, y la dejé, quiero decir la maleta, no la calle, encima de la silla en que yo me sentaba. Don Rafa no había venido todavía. Salí, a ver si encontraba dónde meterme aquella noche: tenía la vaga idea de un compañero, o al menos de alguien un poco conocido, que vivía en una casa cuya dueña alquilaba habitaciones. Me eché calle abajo hasta llegar al Ministerio del Ejército, pues mi amigo, o lo que fuese, había sentado plaza por allí. Pregunté a un cabo que encontré en el camino; le di las señas del amigo y me contestó: «Ése debe de estar en la Brigada Topográfica. Entre por aquella puerta y pregunte allí.» Después de algunas idas y vueltas hallé a mi amigo, o lo que fuese, vestido de soldado y debruzado sobre un panel en el que había un papel sujeto con chinchetas donde mi amigo, o lo que fuese, pintaba algo. Tardó en reconocerme, pero al fin resultó que éramos paisanos, que nos habíamos visto en alguna parte y que, efectivamente, la dueña de su casa alquilaba habitaciones y tenía alguna vacía. Me dio la dirección, que era bastante lejos de allí, y me fui en busca de un lugar donde meterme aquella noche y donde las sucesivas guardar mi cuerpo sin sosiego. La habitación que encontré era mala: estrecha, con una cama pequeña y unas paredes mal pintadas a las que uno no podía arrimarse si no quería manchar la chaqueta para siempre, o al menos hasta que una buena cepilladura quitase de los codos, de la espalda, toda huella. Menos mal que aquel cuchitril, magníficamente iluminado, era barato, y que no había que pagar por adelantado, sino por tiempo vencido. La dueña de la casa, que me recibió en camisón y bata, pues era muy temprano y acababa de levantarse, era la viuda de un oficial de caballería, capitán todo lo más. No me atreví a calificarla ni pongo el calificativo aquí, aunque más tarde haya llegado a ciertas conclusiones. Le dije que traería la maleta, no sabía cuándo pero sí aquel día. La habitación quedó por mía y nosotros tan amigos y tan campantes. Ella se fue a lo suyo, que era vestirse, yo a lo mío, que era trabajar en un periódico que no me pagaba, pero del que esperaba cobrar, siquiera algo, siquiera para el pago de aquellos compromisos que acababa de adquirir. Poca cosa: seis duros al mes. Regresé frente a lo que había sido mi pensión, cargué con la maleta y la llevé a las Quimbambas, junto al cuartel del Conde-Duque, que era donde había alquilado la habitación. Después pasé por el periódico y convertí en noticias unos cuantos telegramas que esperaban en mi mesa. Don Rafa estaba allí; no me dijo nada y yo tampoco le hablé: nos limitamos a saludarnos. Era la hora de comer: no tenía para un abono pero sí para una comida completa, es decir, poco más de una peseta. Con aquello me fui al restaurante que ya conocía, por una peseta y unas perras comí hasta hartarme de patatas y de otras cosas parecidas. Luego volví al periódico. No había nadie, el periódico había salido, la mitad en blanco. Entré en lo que juzgaba el despacho del director. Él no estaba, pero sí dos sillones que llamaban a mi cuerpo y a mi sueño. Ocupé uno de ellos y me quedé dormido. Cuando me desperté seguía el silencio. A mi lado encontré el auricular de una pequeña radio colgada en la pared. Me lo puse, y pude escuchar la voz de alguien que proclamaba las excelencias de un producto, no sé de cuál. Colgué el auricular y me marché; eran cerca de las seis, la hora en que había quedado citado con la Pepa: a las seis ni más ni menos en la esquina de la iglesia de San Luis. Allí me estaba esperando. Y vestida de paisano había recobrado su aire serrano que yo casi desconocía. La llevé a un café de por allí cerca, que yo pudiera pagar, y lo bastante popular como para que no tuviera que avergonzarme de ella. De todas maneras llamamos la atención, el señorito refinado y la aldeana recién llegada de la sierra. Ella no dejó de darse cuenta, me pidió que la llevase a la pensión y la dejase allí, aunque fuese antes de la hora en que tenía que volver.

La llevé, la dejé en la puerta misma, y quedamos para el día siguiente a la misma hora. Antes de marchar me dejó un paquetito que había custodiado toda la tarde y sólo lo abrí cuando ella se hubo marchado: contenía un bocadillo bien repleto que yo me comí por las calles oscuras que llevaban a mi nuevo alojamiento. La dueña de la casa me abrió personalmente la puerta, me preguntó si había cenado, le dije que sí y que me iba a acostar en seguida. Ella dijo algo acerca de mis buenas costumbres y me dejó marchar.

—Perdone que no le acompañe un rato, pero estaba oyendo la radio, y quiero continuar.

Se marchó por el pasillo adelante hacia un lugar iluminado que yo desconocía y me metí en mi habitación. La cama era incómoda y fría:

sólo logré entrar en calor cuando añadí mi abrigo a la poca ropa que tenía. No sé lo que pasó aquella noche: yo me quedé dormido y no me desperté hasta que sonó un clarín, tocado muy cerca de mí. Me levanté a ver lo que pasaba. No sé qué hora era, pero muy temprano debía de ser a juzgar por la poca luz que había. Cerca de mí, casi a mi altura, unos caballeros vestidos de traje azul celeste y con el dolman sobre un hombro partían hacia palacio. Los estuve mirando hasta que desapareció el último de ellos. Sólo entonces me calcé, me vestí, hice mis abluciones y salí en busca de la taza de café caliente que mi estómago estaba pidiendo a gritos. Todo mi capital yacía en el bolsillo derecho de mis pantalones. Saqué lo que allí había y lo conté: menos de lo pensado, de tal manera que si me metía en un local a tomar café con un bollo, no tenía después para pagar el restaurante. Por fortuna recordé un bar de la Puerta del Sol donde alguien me había dicho que por pocas perras le daban a uno de desayunar. Allí me encaminé. La gente entraba y salía por la boca del metro, pero yo no me atrevía a gastarme los diez céntimos que me hubieran acercado rápidamente al lugar de mi destino. Por fin llegué, más cansado de lo que esperaba, pero era un cansancio sano, de los que se curan con algo caliente. Tuve suerte: aquel café con leche lo estaba, y sabía bien la media tostada con que lo había acompañado. De allí fui al periódico, que quedaba muy cerca. Yo no sé si la censura la había tomado con nosotros o si éramos nosotros los que la habíamos tomado con la censura: es el caso que a aquellas horas, apenas las diez de la mañana, ya estaba medio periódico tachado y sólo nos quedaban como defensa las noticias inocuas, en las cuales el lápiz rojo jamás se ensañaba. Me senté en mi mesa y empecé la redacción de telegramas: un incendio de un pajar en Castilla o el naufragio de una lancha de pescadores en la costa gallega. Don Rafa ya había llegado: estaba en su mesa, con el sombrero puesto y la chaqueta quitada. Cuando me vio y respondió a mis «¡Buenos días!», se quitó el sombrero, se puso la chaqueta, pasó por mi mesa, me dio algo así como un pescozón cariñoso y dejó caer un papel que llevaba en la mano. En el papel decía: «Hoy le pagarán a usted algo.»

Efectivamente, a eso de las doce llegó el cajero con un montón de cuartos que debían de sumar las trescientas o las cuatrocientas pesetas. Le pedí que pagase mi cuenta en la pensión y que me diese algo para ir comiendo. Tomó nota de lo que le debía a la señora de enfrente y me dio un duro para que yo fuese tirando. Con aquel duro y lo que yo tenía había para unos cuantos días, dos o tres, suponiendo que no malgastase ni siquiera una perra. Con este ánimo me fui al restaurante y allí comí lo que me echaron, que por el módico precio no podía ser de gran calidad; pero llené la andorga, y ya marchaba cuando de una mesa me chistaron: era Enrique, el hermano de Rosita. Le pregunté por ella y por su madre, él me dijo que no sabía nada, pero lo que le importaba al parecer era presentarme a su compañero, que le había invitado a comer y por quien se encontraba allí. Se vino conmigo, me convidó a tomar café en aquel de la calle de Alcalá de que ya he hablado otras veces, donde no pagó nada, sino que le dijo al camarero que añadiese aquellos dos cafés a lo que ya le debía. Después salimos. Cometí el error, después me di cuenta de que lo era, de darle mi dirección. Nos separamos. Me fui al periódico y me senté en mi propia mesa a leer lo que quedaba del número que tan cuidadosamente habíamos preparado aquella mañana. Hacía una buena tarde, no demasiado fría. Dudé si meterme otra vez en el despacho del director y dormir allí un rato; pero preferí acechar por la ventana, a ver si en la casa de enfrente aparecía la Pepa y lograba que recibiera algún mensaje mío. Así pasé buena parte de la tarde. Cuando vi salir a Mari, a eso de las seis, le chisté para que se detuviese y corrí hasta ella.

—Dile a la Pepa que la estoy esperando.

La Pepa tardó unos segundos en bajar y yo la llevé a un café, no al del día anterior, que era demasiado refinado y demasiado caro, pero sí a un lugar decente. De repente me di cuenta de que no tenía nada de qué hablar con ella, pues me estaba contando uno de sus días allá en la sierra y a mí no me interesaba nada. Pagué los dos cafés, la dejé en el portal y ella, quizá agradecida, me dio un beso en la boca y un abrazo.

Se marchó corriendo escalera arriba. Aún era temprano. Las calles hervían de gente y yo, sin prisas, me fui hacia la casa donde había alquilado el día anterior una habitación. Me abrió la hija de la dueña, que se entendía con mi amigo el militar.

—La hizo usted buena.

—¿Por qué me dice eso?

Por respuesta me señaló el pasillo e hizo gesto de que escuchara. Allá lejos, la voz entrecortada de la dueña de la casa me hizo comprender la situación. Decía poco más o menos: «¡Enrique! ¡Yo no puedo ser suya!», pero con un tono de voz que estaba diciendo que sí, «que me haga suya cuanto antes, y todas las veces que quiera». La chica que tenía delante no me dejó quitarme el abrigo; lo llevaba ella puesto y me echó hacia la escalera.

—¡La hizo usted buena! Véngase conmigo si no quiere llevar la cesta y oír cómo esos dos acaban en la cama. Y si eso pasa el primer día, ¿qué serán los demás?

Se cogió de mi brazo. Juntos bajamos la escalera y, ya en el portal, me dijo:

—Ahora váyase. Yo estoy citada aquí con mi marido, que es el que le trajo a usted en mala hora. Váyase y déjeme sola.

No sé por qué, pero me sentí repentinamente triste. La dejé, como me pedía, y poco a poco me fui hacia el restaurante de la calle de la Abada. Era temprano, había poca gente y me senté solo en una mesa. Vino el tío de la libreta a preguntarme qué iba a ser y a cobrar. Yo le pagué y le pregunté después por el menú, porque era la primera vez que cenaba, y algún cambio habría. Pero me equivoqué: era lo mismo que a mediodía, y el tío se rió un poco, supongo que de mí. Con el papel que me dio fui a la ventanilla de la cocina y encargué lo que me pareció mejor. Mientras esperaba llegué a la conclusión de que todo me había salido mal y de que sólo saldría de aquel atasco por mi esfuerzo. Me sacó de mis pensamientos tristes el tío de la libreta, que depositó ante mí un plato de verdura humeante. Mientras la comía, y engañaba así a mi estómago, decidí escribir una carta a un amigo de mi padre que mandaba un barco de la Transatlántica y que seguramente estaría para salir hacia Buenos Aires; podía escribir la carta aquella noche, pero no enviarla hasta que supiera en qué puerto se encontraba aquel amigo de mi padre que mandaba un barco del cual ya yo me consideraba polizonte más o menos autorizado. En esto, había terminado el plato de verduras y me ponían delante el segundo plato, si es que podía llamarse así a aquel amasijo no sé de qué que tenía delante. Lo comí sin fijarme demasiado en lo que era, y con el plato vacío fui en busca de la ración de membrillo que tocaba aquella noche, otra cosa no daban. Después marché. Iba contando el dinero que me quedaba, lo iba contando perra a perra, las manos en los bolsillos agarrando mi pequeño tesoro. De esta manera llegué a mi casa: ya le había dado tiempo a Enrique para hacer su faena y marcharse. En efecto, la viuda me abrió la puerta como si nada hubiera pasado. Yo le dije «¡Buenas noches!» y me metí en mi cuarto, dejando para el día siguiente la invitación que ella me hacía de ir a calentarme con su brasero y de escuchar la radio con su aparato de galena que, al parecer, aquella noche no estaba muy afortunada. Me metí en la cama, me tapé con mi abrigo, tardé en dormirme, hasta el día siguiente que me despertó, aún no dadas las ocho, el clarín de los de caballería que vivían enfrente de mí. «Poco tiempo le queda a ése de que le vayan a hacer la guardia», pensé, y di una vuelta en la cama, buscando no perder el calor. Después me levanté, hice mis abluciones y salí lo más silenciosamente que pude. Me quedaba dinero para desayunar y lo hice en el bar de la Puerta del Sol. Después me fui al periódico, donde al menos se estaba caliente: se conoce que los obreros del taller reclamaban un poco de calor y que la calefacción se encendía para ellos, no para nosotros. ¡Quién fuera linotipista y no redactor de aquel periódico que se iba al tacho porque no podía pelear con la censura! Tenía al menos la seguridad de cobrar el sábado a mediodía, aunque me despidiesen luego, aunque me dijeran al pagarme que no había más trabajo para mí.

Don Rafa ya había llegado: estaba como siempre, con el sombrero puesto y la chaqueta en la silla, de modo que él quedaba en mangas de camisa con el chaleco y la corbata bien visibles. Me miró cuando entré y, sin decir nada, se acercó a mi mesa y dejó caer un paquetito.

—Esto trajeron para usted. No sé quién lo trajo porque ya estaba sobre mi mesa cuando llegué. Ábralo a ver qué tiene: quizá por lo que venga dentro averigüe usted quién lo envió.

Yo me había puesto de pie. Con una mano fui deshaciendo el paquete que, por cierto, venía envuelto en un periódico rival. Lo deshice y vi que contenía algunas cosas de comer. Allí mismo se las mostré a don Rafa sin decirle palabra. Él las miró y se echó a reír.

—Alguien que se está cuidando de su línea. Seguramente una mujer.

Yo me encogí de hombros, pero sabía bien que aquel paquete procedía de enfrente. La pobre Pepa se había pegado aquella mañana el madrugón para reforzar a su manera mi desayuno. No tenía ganas, pero picoteé de aquí y de allá hasta que una mano desconocida dejó sobre mi mesa un montón de telegramas. Entonces dejé de comer y me puse a trabajar. No recuerdo bien de dónde o de quién saqué el dinero para ir a comer aquel mediodía al restaurante barato del que ya me consideraba cliente. Lo que sí recuerdo es haber telefoneado para ver a qué puerto había de dirigir la carta al amigo de mi padre. Después de que me hube asegurado fui al restaurante, comí yo solo y aún me sobraron unas perras para irme a un café: elegí aquel, sin ventanas, que estaba al principio de la calle de Alcalá; allí me encontré a Enrique hecho un brazo de mar, pues todo lo que llevaba encima era nuevo. Me invitó a su mesa y me dijo:

—Ayer te anduve buscando para que vinieras conmigo esta mañana y me ayudaras a elegir todas estas cosas que llevo puestas. Paga ese tío extranjero que anda con mi madre y con mi hermana, ¿sabes? Ayer por la tarde me encontré con una nota de él: también me había pagado lo que debía en la pensión, y siento que no fuera más, pero ya sabes cómo es mi madre.

—Ayer podías haberme encontrado, porque fui a la casa esa donde ahora duermo. Pero te encontré tan atareado, a ti y a la dueña de la casa, que preferí no verte.

—¿Y te ha parecido mal?

—Tú y la dueña de la casa sois libres de hacer lo que os dé la gana: pero podrías decirle a ella que no gritara tanto, y sobre todo que no hiciera sufrir a su hija.

—¿Sabes que la niña esa se acuesta con tu amigo ni más ni menos que la madre conmigo?

—Sí; pero van a casarse en cuanto él quede libre de la mili y mandarán a la vieja al diablo en cuanto puedan.

Ya dije que Enrique venía hecho un brazo de mar, pero más aún lo estuvo cuando se puso el gabán y el sombrero, no sé si para apabullarme o para qué. Me invitó al café y yo me dejé invitar. Se marchó, dando propinas a diestro y siniestro, y provocando así la sonrisa de los camareros. Era la última vez que lo veía, todo finchado y pituco. La puerta se cerró sobre él y a través de los cristales pude observar cómo extendía la mano para ver si llovía.

CAPÍTULO XXVI

Aquel amigo de mi padre que mandaba un barco de la Transatlántica que iba y venía a Buenos Aires, en el cual me constaba que se había ido mi padre, me puso un telegrama dándome una cita en el puerto gallego donde solía recalar. Bueno. No lo esperaba tan pronto, pero lo esperaba. La cuestión era ahora sobrevivir los días que faltaban para la fecha, que era curiosamente el día de Reyes.

Yo había renunciado a Rosita y al periodismo, dos cosas que a veces iban unidas en el mismo deseo, pero que no había analizado lo suficiente ni suficientemente. En la batalla sostenida en silencio entre doña Rosa y yo había ganado doña Rosa.

A veces oía en el periódico que el general Berenguer iba a ser sustituido, que la censura de la Dictablanda iba a desaparecer, pero pasaba un día y otro y ni aquel dictador caía ni desaparecía su censura. El periódico vendía cada vez menos, y yo no sé de dónde sacaban el dinero para pagar a los dos o tres linotipistas que no se habían marchado del taller. Don Rafa cumplió su palabra: pasé en su casa la Nochebuena y la Navidad y aun el día primero de año, que era el de 1931 y que para mí empezaba mal. Lo tomé como un augurio, a pesar de lo cual esperaba como agua de mayo que llegase el tiempo de Reyes para coger el barco que me llevase sin rumbo conocido, pues aunque sabía adónde iba, no sabía la suerte que me esperaba allí. Le dije a don Rafa que tal día necesitaba un billete en el tren gallego. Don Rafa me preguntó si marchaba definitivamente. Le respondí que sí. «Hace usted bien», me dijo él, y no hablamos más del asunto. Al día siguiente, en mi mesa del periódico, había un sobre dirigido a mí: contenía la cantidad de dinero necesaria para pagar el billete y lo que debía abonar en mi casa por aquellos días que había ocupado la cama y la habitación: don Rafa me había oído alguna vez contar lo que me costaba vivir de aquella manera mezquina como yo vivía.

Renuncié en mi corazón a toda búsqueda de Rosita, pero no pude evitar una carta que su hermano Enrique me escribió dándome noticias de que se iba, no sé adónde, y de que su hermana se casaba con aquel tipo rico que le había vestido y que ahora le empleaba. «Menos mal —añadía— que su religión admite el divorcio: si no no sé adónde iríamos a parar.»

231

Hice pedazos aquella carta y me dediqué a la Pepa, que algo se había maliciado y que no tenía con quién salir aquellos días tan notables. La llevé no sé a qué café, todos los días al mismo, y alguna de aquellas noches, no recuerdo cuál, pensé en tía Dafne, pensé en ir a su casa. Pero las razones de siempre, yo no sé cuáles, quizá no lo fueran, me hicieron desistir del propósito, allí mismo, en la puerta de tía Dafne.

Cogí el tren que había de llevarme otra vez a Galicia. No fue nadie a despedirme, porque a la Pepa la había engañado diciendo que volvería en seguida, y no había nadie más que quisiera decirme adiós en aquella ciudad donde había vivido veinte o veinticinco días. Hice el viaje en tercera clase para no llegar a mi pueblo sin un céntimo en el bolsillo, aunque don Rafa había tenido la atención de pagarme aquel regreso en segunda y de convidarme a comer en su casa el último día de mi estancia en Madrid, que era la víspera de Reyes. Cuando yo marché había un gran jaleo en las calles, y mientras yo, mejor dicho el tren y yo, corríamos hacia mi pueblo, centenares de niños esperaban su regalito milagroso o, ya mayorcitos, aun sabiendo que los Reyes eran los padres, esperaban lo mismo. Quizá la Pepa esperase también el regalo de aquel señorito que a veces le metía mano, a veces la besaba, pero que nunca decía nada. Si acaso aquel vago «volveré» que ella supuso para pronto, pero que no tenía fecha.

Encontré mi tierra con las calmas de enero,

clara y fría. En la estación, cargado con mi maleta, conté el dinero que me quedaba y cogí un taxi que me llevó hasta el muelle donde me esperaba el barco, o donde yo le había de esperar. El barco no había llegado todavía. Me metí en un café y eché algo caliente a mi estómago: aquellas pocas perras que me quedaban parecían interminables y daban más de sí de lo que yo hubiera supuesto. En el café, los que iban a acompañarme, es decir, los emigrantes, habían reunido tres mesas redondas y en torno a ellas se juntaban. Hablaban algo de pagar entre todos un bote que los llevase al barco cuando éste hubiese llegado. Yo me acerqué a ellos y les dije que el transporte era gratis y que no tenían más que meterse en el primer bote que llegase, si es que cabían, y si no, tendrían que esperar al siguiente, pero que el traslado al barco era por cuenta de la compañía y no tenían por qué gastar los pocos cuartos que les quedaban: de eso estaba seguro, a juzgar por los que me quedaban a mí, y así se lo dije.

Llegó el primer bote, una especie de chinchorro a motor en que sólo venía el capitán, y yo lo abordé: le dije quién era y él me respondió muy afablemente que le esperase en tal lugar, un café, a tal hora, que él me recogería allí. Me desentendí de los emigrantes, a los cuales, sin embargo, aquella noche serví de camarero. Pero ya entonces el barco se había apartado de nuestras costas y yo era otro hombre: era el que se había hecho aquella tarde después de una conversación con el capitán, en el camarote de él y sin testigos. Es curioso, pero cerró la puerta con llave, como si fuera a matarme o fuéramos a hacer cualquier otra cosa trascendente. Todo quedó en una conversación, si bien íntima, la que podía darse entre aquel capitán, que era dueño de su barco, y aquel muchacho, que no pasaba de polizón y que estaba allí para suplicar un viaje gratuito y escondido.

—Usted comprenderá que no puedo llevarle como a su padre.

—Lo comprendo todo, capitán.

—Su padre era tanto como yo. Tenía un uniforme como el mío y unos galones como los míos. Mis oficiales le saludaban. Llevó el barco, lo llevó mejor que yo pero no tanto tiempo como yo. Su padre es un gran marino, ¿lo sabía usted?

—Sí.

—Yo le puedo llevar, pero tendrá usted que servir la mesa de los emigrantes. Lo llevaré en calidad de polizón, y usted aparecerá como tal en seguida que se haya marchado el práctico, cuando ya no podamos devolverle a tierra. ¿Usted sabe que su padre ha formado otro hogar en Buenos Aires y piensa morirse allá, sin volver otra vez a España, es decir, a su hogar legítimo?

—No lo sabía, pero lo barruntaba.

—Es una mujer bonita y buena. Yo la conozco. Son un matrimonio en el que no hay papeles, pero usted y yo somos civilizados y a ese detalle no le damos importancia, ¿verdad?

—Sí, pero no olvide usted que yo soy hijo de un matrimonio con papeles.

Entonces el capitán se levantó. Se había oído un ruido de cadenas, como si izasen el ancla.

—Tengo que ir al puente. Me parece que me llaman allá. Está aquí al lado. Usted puede esperar a que yo vuelva.

Salió del camarote. Por el ojo de buey del capitán vi desfilar primero los muelles; luego, parte de la costa. Salíamos por la boca sur. Yo dije adiós a aquellas tierras. O no les dije adiós: no lo recuerdo bien.

Salamanca, septiembre de 1995. La Romana, septiembre de 1996.

Este libro se imprimió en los talleres
de Printer Industria Gráfica, S. A.
Sant Vicenç dels Horts
Barcelona